KB042723

# LINE 1

**초판 1쇄 인쇄일** 2014년 2월 24일 ㅣ **초판 1쇄 발행일** 2014년 2월 27일

**지은이** 안민현 ㅣ **펴낸이** 곽중열 ㅣ **담당편집 팀장** 이범수
**편집부** 신연제 이윤아 김호성 김은경

펴낸곳 (주)조은세상 ㅣ 출판등록 제 2002-23호
주소  경기도 고양시 일산동구 장항동 558번지 6호
TEL 편집부  02)587-2966  영업부  031)906-0890 ㅣ FAX  031)903-9513
e-mail bukdu@comics21c.co.kr

ⓒ안민현 2014
ISBN 979-11-5512-369-0 ㅣ ISBN 979-11-5512-368-3(set) ㅣ 값 8,000원

※잘못 만들어진 책은 바꿔 드립니다.
※저자와의 협의에 의해 인지는 생략합니다.

룬

LUNE

1

안민현 퓨전 판타지 장편소설

NEO FUSION FANTASY STORY & ADVENTURE

북두
좋은세상

NEO FUSION FANTASY STORY & ADVANTURE

# LUNE

NEO FUSION FANTASY STORY & ADVANTURE

# LUNE

프롤로그

프롤로그

베르난도 백작가에는 아들이 세 명 있었다. 첫째, 란드만. 둘째 호드만. 그리고 셋째 룬. 이중에서 특히 셋째는 왕국 내에서도 소문이 자자할 만큼 행실이 좋지 못했다.

안하무인에 여색을 밝히고 잔인하고 우유부단하고.

좋지 못한 모든 것들이 그를 나타내주는 말이었다.

하늘도 그런 그를 벌하려는지 룬은 며칠 전 낙마사고로 의식을 잃고 쓰러졌다. 그리고 아직까지도 깨어나지 못한 채 침대에 누워 있었다.

NEO FUSION FANTASY STORY & ADVANTURE

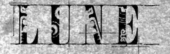

제 1 장

룬이되기까지

제 1 장
룬이 되기까지

잭스는 자신의 배를 내려 보았다. 차가운 롱소드가 깊숙이 박혀 있었다. 고개를 들어 검의 주인을 보았다. 비열한 얼굴로 미소 짓고 있는 누군가의 모습이 들어왔다.

"아틀란드…? 어째서."

"날 원망 하지 마시오. 이 모든 게 다 당신이 자초한 일입니다."

"대체 내가 무엇을 했기에."

"힘을 가지고도 아무것도 하지 않은 게 문제라면 문제죠. 윗분들은 당신을 갖지 못할 바에야 차라리 없애는 게 낫다고 판단했소."

"고작 그런 이유 때문인가. 사람 하나를 죽여야 되는

이유가."

"제국의 안녕을 위해 사소한 분란의 씨앗이라도 남겨 둬선 안 된다는 게 윗분들의 생각이오. 당신을 상대하다보 니 그분들의 판단이 옳았다는 생각이 드는군. 이 정도면 오래 버텼소. 이만 가시오."

아틀란드가 더욱 깊숙이 검을 찔러 넣었다. 잭스의 입에 서 붉은 선혈이 흘러 나왔다. 피가 바닥을 적시는 동안 잭 스의 의식도 서서히 멀어져갔다.

그렇게 멀어져가는 의식 속에서 잭스는 불현 듯 사부의 말이 떠올랐다.

-과거 마도시절. 각국의 대마법사들이 모여 한 가지 마법을 연구했다. 십여 명의 대마법사들이 수십 년을 연 구한 끝에야 간신히 완성할 수 있던 무시무시한 마법이 지.

-대체 그 마법이 뭐기에 대마법사들이 수십 년이나 연 구를 한 겁니까.

-룬[lune]. 영혼을 잇는 마법이야. 다른 이의 몸에 들어 가 육신을 차지하는 것이야.

-그럼 곤충의 몸을 지배하는 기생충같은 건가요?

-기생충이라니. 표현하고는. 하지만 뭐 꼭 틀린 표현만 은 아니구나. 좀 관심이 가느냐? 관심이 있다면 그에 관한 것이니 한 번 봐 보거라.

잭스는 그 낡은 서책의 내용을 떠올리려 안간힘을 썼다. 그러나 야속하게도 그런 잭스의 노력과는 무관하게 의식은 점점 사라져갔다.

얼마나 시간이 지났을까. 마침내 잭스의 신형은 완전히 무너져 내렸다.

아틀란드가 잭스의 숨이 끊어진 것을 확인하고는 시신을 수습했다.

"흑마법사 잭스라…. 정말이지 괴물 같은 놈이야."

아틀란드는 주변을 둘러보았다. 잭스의 손에 죽은 시체들이 인산인해를 이루고 있었다.

아틀란드는 잭스의 목에 걸린 목걸이를 가져갔다. 상대의 귀중품을 수집하는 건 그만의 독특한 의례였다.

목걸이에는 푸른색 루비가 박혀 있었다. 푸른색이라는 것 외에 특별한 것은 없었다. 한데 아틀란드가 목걸이를 집어 든 순간, 푸른색으로 빛나던 루비가 어느새 붉게 물들기 시작했다.

아틀란드는 기괴함에 목걸이를 다시 잭스의 품에 두었다. 그러자 루비는 다시 푸른빛을 띠었다.

"주인에게 반응하는 목걸이라 이건가. 역시 흑마법사가 가지고 있는 거라 뭐가 달라도 다르군."

아틀란드는 루비색이 의미하는 바가 무엇인지 알지 못했다. 하지만 이전까지 노획해오던 물건들에 비해 특이한 것만은 분명했다. 아틀란드는 목걸이를 다시 품에 넣고 자리를 떠났다.

❖

오르온은 룬을 모시는 하녀였다. 그녀는 오늘도 룬의 몸을 씻기기 위해 물과 수건을 들고 그의 방에 들어갔다. 방에 들어온 순간 그녀는 너무 놀라 손에 들고 있던 물과 수건을 바닥에 떨어 뜨렷다.

"룬님. 깨어나셨어요?"

그녀의 눈에 비친 건 막 잠에서 깬 듯 한 졸린 눈으로 주위를 훑고 있는 룬의 모습이었다.

"어, 아주 긴 잠을 잔 것 같네."

룬은 자신이 며칠씩이나 의식을 잃고 쓰러져 있었다는 것도 모르는 듯 대수롭지 않게 대답했다.

"예. 긴 시간이었죠. 며칠씩이나 잠을 자는 사람은 없을 테니까요."

"그건 그렇고 바닥 빨리 치우는 게 어때? 카펫이 물에 젖어 망가지잖아."

"아, 죄송합니다."

오르온이 황급히 바닥을 치웠다. 룬이 깨어있는 것에 너무 놀라 그만 실수를 하고 말았다. 평소 성격이 고약한 룬이

기에 무슨 불호령이 떨어질지 몰라 가슴이 조마조마했다.

다행히 룬은 여전히 멍한 얼굴을 할 뿐 별다른 말은 하지 않았다.

"몸에서 이상한 냄새가 나. 끈적끈적한 게 찝찝하군. 목욕물을 준비해줘."

"아, 예. 목욕시중은 몇 명으로 준비해 둘까요?"

"목욕시중?"

"예."

"그런 건 필요 없어."

"그게 정말이세요?"

오르온은 믿지 못할 광경이라도 본 듯 한 괴기한 얼굴이 되었다. 여색을 밝히는 룬이 시중 없이 목욕을 하는 경우는 굉장히 드물었다.

"뭘 그렇게 놀라? 아님 네가 시중을 들래?"

"아, 아닙니다. 당장 목욕물을 준비해 놓겠습니다."

오르온이 황급히 자리를 떠났다.

그 모습을 본 룬이 폭소를 터뜨렸다.

"아, 정말이지 얼마나 여색을 밝혔으면 저런 반응을 보이겠어."

그러다 고개를 저었다.

"아니지. 이놈이 어떤 놈이든 내 목숨을 살려준 놈이니 그저 감사해 해야지."

룬, 아니 잭스는 거울 앞에 서서 자신의 몸을 훑어보았다.

"정말이지 믿을 수가 없군."

잭스는 자신의 몸이 마치 신기한 무엇이라도 되는 듯 이곳저곳 쓰다듬었다. 손길이 지나갈 때마다 생생한 촉감이 전해졌다. 그 촉감은 자신이 살아 있음을 다시 한 번 확인시켜주었다.

"대체 어떻게 이런 일이 가능 한지 모르겠군."

잭스가 중얼거렸다. 의식이 거의 사라지기 전, 사부가 말해준 고대의 마법을 떠올렸다. 그리고 그 마법을 떠올리기 위해 안간힘을 썼던 것까지는 기억이 났다.

당연하지만 그 후에 어떻게 됐는지는 의식이 끊겨서 알수 없었다. 하지만 이렇듯 다른 이의 몸을 빌려 숨을 쉬고 있는 걸 보니 마법은 성공한 모양이었다. 그렇지 않다면 지금쯤 마왕을 만나고 있어야 할 테니 말이다.

잭스는 자신의 목숨을 살려준 고대마법의 구결을 떠올렸다. 하지만 어째서인지 다른 것은 모두 기억이 남에도 그 마법만은 기억이 나지 않았다.

'무분별한 사용을 막기 위한 일종의 제약인 건가? 어떻게 다른 기억은 고스란히 남겨두고 그 기억만 사라지게 할 수가 있는 거지.'

따지고 보면 다른 이의 몸을 차지한다는 것 자체가 상식적으로 이해할 수 없는 일이었다. 그렇기에 일부의 기억만 사라지는 것은 상대적으로 놀랄 일도 아니었다.

룬은 골치 아픈 생각은 접어두고 새로운 몸에 적응하려는 듯 다시 한 번 구석구석을 살폈다.

"빌어먹을. 뭔 젊은 놈이 이렇게 허약한지 모르겠군."

룬의 몸은 탁기로 가득 찼다. 탁기가 쌓여 마나가 들어설 자리가 없었고 그러다보니 육체적인 능력도 자연히 엉망이었다. 잭스시절에 비하면 정말이지 형편없는 몸이었다. 그래도 다행이라면 이전보다 무려 10년은 젊어진 육체를 얻었다는 점이다.

젊음은 다른 모든 악조건을 희석시켜주기에 충분했다. 가진지식이 소진되지 않았다면 젊음을 무기로 얼마든지 이전의 영광을 누릴 수 있었다.

'가만? 다른 몸에 들어왔으면 뇌도 바뀐 것인데, 어떻게 내 기억이 그대로 있을 수 있는 거지?'

하지만 이 역시 오래 생각하지는 않았다. 상식을 뛰어넘는 것들은 생각한다고 답을 낼 수 있는 경우가 많지 않았다. 생각을 하여 알 수 있다면 그것은 이미 비상식이 아니었다.

"뭐 골치아픈 생각은 접어두고, 주변사람들은 날 망나니 룬으로 볼 텐데 어떻게 한담…."

잭스는 본인의 기억뿐만 아니라 룬의 기억도 가지고 있

었다. 하지만 룬의 기억은 수동적인 것이라 본래의 것처럼 명확하지는 않았다.

그래도 중요한 것들은 대부분이 기억이 났다. 아버지는 누구이며 형제는 어떻게 되는지, 나이는 몇 살이며 평소행실은 어떠했는지.

잭스는 아예 모른다면 모를까 룬의 평소 행동을 알면서도 급작스럽게 다른 사람처럼 행동한다는 것이 마음에 걸렸다.

"다른 놈들이 뭐라 생각하든 말든 그냥 하고 싶은 대로 하면 되지 뭐. 어차피 막장인 놈이니 무슨 짓을 하던 상관 없잖아."


잭스, 아니 룬이 이곳에서 생활한지도 며칠이 흘렀다. 룬은 그 동안 본인은 누구인지에 관해 많은 혼란을 겪었고 앞으로 누구로써의 삶을 살아가야 하는지 고민했다.

'잭스는 이미 죽었다. 그렇다면 베르난도 백작의 셋째 아들로 살아가는 게 순리겠지.'

물론 그 생각에 제동을 거는 것이 하나 있었다. 베르난도 백작가는 이름을 날리지는 않았지만 전통적으로 기사 가문이었다. 그런 백작가의 셋째아들로써 마법을 배운다는 건 있을 수 없는 일이었다.

'뭐. 내놓은 자식인데 무얼 하든 상관하지 않겠지. 그리

고 들키지만 않으면 그만 아니겠어.'

똑똑–

룬이 생각을 하고 있는 사이 오르온이 방문을 두드렸다.

"들어와라!"

문 여는 소리가 들리며 올리아가 들어왔다. 그녀의 손에는 커다란 쟁반이 놓여 있었다. 쟁반에는 간단한 빵과 스프가 예쁜 그릇에 담겨 있었다.

"식사를 가져왔습니다."

"거기 놓거라."

룬이 손짓하자 오르온이 음식을 차리기 시작했다. 룬은 보통 이렇게 자신의 거처에서 음식을 차려놓고 혼자 먹었다. 본채와는 조금 멀리 떨어진 별채에서 생활했기에 따로 시간을 정하지 않는 이상 가족과 함께 식사를 하는 경우는 거의 없었다.

"정말 이 것 가지고 되시겠습니까?"

음식을 다 차린 오리온이 말했다.

"어. 앞으로는 다른 얘기가 없으면 이렇게 준비해줘."

"알겠습니다."

오르온은 대답하면서 의아함을 감추지 못했다. 그간 룬의 식습관을 생각한다면 지금의 처사는 도무지 이해할 수 없었다. 단 한입을 먹더라도 호화스럽지 않으면 바로 윽박을 지르던 게 룬이 아니었던가.

오르온의 속을 아는지 모르는지 룬은 음식이 다 차려지자 의자에 앉아 먹기 시작했다. 그 모습을 오르온이가 물끄러미 바라보았다.

"뭘 그렇게 봐? 음식 먹는 사람 처음 봐?"

"아, 아닙니다."

"배고파서 그래? 그럼 너도 와서 먹어."

"아닙니다. 제가 어찌 룬님과 동석을 하겠습니까."

"뭐 같이 먹는다고 누가 죽기라도 하나? 아니지. 음식이 워낙 맛있으니 둘이 먹다가 하나 죽어도 모를 일이야."

룬이 가볍게 농담을 던졌지만 오르온의 표정은 여전히 딱딱하게 굳었다.

반응이 영 시원치 않자 룬은 다시 음식을 먹는데 열중했다.

하녀는 룬이 음식을 다 먹는 것 까지 기다렸다 입을 열었다.

"오늘 저녁 두어란가문과 식사가 예정 되어 있습니다."

"두어란가문?"

"예. 두어란가문은 오래전부터 백작님과 알고 지내던 사이지만 썩 좋은 관계는 아닙니다. 특히 검에 관해선 백작님이나 두어란이나 아주 민감하게 반응합니다."

"흠. 한 마디로 앙숙이라는 말이네."

"그렇다고 할 수 있습니다."

"알겠어."

룬은 새삼 오르온의 존재가 더 없이 든든했다. 그녀는 하녀의 신분이면서도 견식이 넓어 룬에게 이것저것 설명을 많이 해 주었다.

원래의 룬은 별채의 여자란 여자는 다 건든 호색한이지만 오르온만은 그러지 않았다. 오르온같은 여자가 주위에 한 명은 있어야 한다고 그도 생각한 모양이었다.

"그런데 그들이 왜 찾아 온 거지?"

"기사대회 때문일 것입니다."

"기사대회?"

"선배 기사들이 이제 갓 아카데미에 입학할 예비 검사들을 지도대련 해주는 것입니다."

"이해할 수 없군. 굳이 대회까지 열면서 지도를 해줄 필요가 있나?"

"대회를 열어 친분을 다지고 동시에 재목을 찾아 자신의 기사단에 미리 편입시키려는 의도도 숨어 있습니다."

"과연 순수한 의도만은 아닌 대회군."

룬은 고개를 끄덕였다. 그리고 기사대회와 두어란과의 상관관계를 생각해 보았다. 앙숙인 가문이 갑작스런 방문을 했다면 필시 이유가 있을 터였다. 그리고 그것은 좋지 못할 가능성이 컸다.

"그런데 그런 자리에 내가 꼭 갈 필요가 있을까?"

"두어란 백작쪽에서 모든 가족과 함께 식사하기를 원하셨다고 합니다."

"그래? 그렇다면 어쩔 수 없지."

밤이 되자 시중이 찾아왔다. 그들은 룬에게 옷과 온갖 장신구를 채웠다. 꼭 보기 좋은 족쇄를 다는 기분이라 내키지는 않았지만 꾹 참기로 했다.

룬이 대식탁에 들어서자 이미 베르난도 백작과 두 아들이 와 있는 상태였다. 룬의 첫째 형은 오랫동안 검을 익힌 검사답게 몸이 잘 발달해 있었다. 하지만 둘째는 살이 포동포동 올라 검사보다는 재상의 이미지에 가까웠다. 베르난도 백작은 조금 고지식하면서도 근엄해 보이는 모습을 하고 있었다. 원래 룬이 가지고 있는 기억 그대로의 모습이었다.

'그러고보니 그렇게 오랫동안 병상에 누워 있던 아들이 깨어났는데 보러오지도 않다니. 내놓은 자식이라 이건가. 하긴 별채에 지내게 하고, 이렇게 개차반으로 행동하는 데도 아무 제지도 하지 않는 걸 보면 말 다한 거지.'

그래도 이들이 반갑게 느껴지는 건 아마 이 몸에 저들의 피가 흐르고 있기 때문일 것이다.

"왔구나. 몸이 괜찮아 졌다 하니 다행이구나. 가서 앉거라!"

베르난도가 호드만의 옆 자리를 가리키며 말했다.

"알겠습니다."

룬은 고개를 숙이며 자리에 앉았다. 비록 내놓은 자식이라고 하나 베르난도를 만나니 큰 죄를 짓고 있는 것 같아 고개부터 떨어졌다. 아들의 껍데기를 빌려 연기를 하고 있는 것이니 말이다.

"오랫동안 아팠다더니 이제는 걸을 만 한가보구나. 뭐든 잘 까먹는 네가 걷는 법은 잊지 않았다니 다행이구나."

란드만이 말했다.

그러자 기다렸다는 듯 호드만이 대답했다.

"아무렴요. 설마 걷는 법까지 잊어 먹기야 하겠습니까."

룬은 오늘 이 둘을 처음 보았지만, 그래서 둘의 평소 말투를 기억속으로만 가지고 있지만, 두 형제가 지금 자신을 비아냥거리고 있다는 것은 느낄 수 있었다.

"후후-. 그때 기억나느냐, 이 녀석이……."

"그만하거라."

분위기가 좋지 않게 흘러가자 백작이 이를 제지했다. 때마침 두어란 백작이 도착했다. 시중을 드는 하녀가 그와 그의 두 아들을 데리고 대식탁으로 들어왔다.

"오랜만이오. 베르난도 백작."

그의 입꼬리는 살짝 올라가 있었다. 그는 베르난도를 만날 때면 언제나 이런 표정을 짓곤 했다. 그것이 상대방을 무시하는 처사임을 잘 알았지만 전혀 개의치 않았다.

"오랜만이오. 두어란 백작. 앉으시구려."

베르난도 백작의 권유에 두어란 일행이 자리에 앉았다. 두어란 일행 앞에는 백작의 세 아들이 마주보고 있었다. 백작은 그들의 가운데에 위치했다.

"어쩐 일로 우리 가문을 찾은 것이오, 그것도 이렇게 정식적으로 말이오."

백작은 평소 근엄한 듯한 말투를 잃지 않았지만 두어란을 못마땅해 하는 기색이 엿보였다.

"나도 썩 내키는 발걸음은 아니었지만 이번 기사대회에 관해 토론할 내용이 있어 왔소이다."

"말해보시오."

"브농 후작님께서 기사대결에 관해 몇 가지 요구사항을 내놓으셨소."

"기사대결에 관한 모든 것은 주최가문의 고유 권한 아니오."

"하지만 그간 기사대결을 주최한 가문을 보면 드넨, 몬테니올, 그라센 등 왕국 최고의 가문이었소. 그런 가문은 처음부터 대회를 계획하고 실행할 여건이 되지만, 백작님께서는 조금 무리가 있지 않소."

그는 그렇게 말하며 이를 드러내고 웃었다. 그는 언제부터인가 베르난도 백작을 눈에 가시처럼 여겼다. 그와 비교되면 언제나 저 평가 되기 마련이었다.

어째서 사교성이라고는 조금도 찾아 볼 수 없는 이 고리타분한 백작이 자신보다 높게 평가 되는지 이해할 수 없는 일이었다.

"기사대회는 선배 기사와 아카데미에 입학할 새내기들만 수용하면 되는 것이기 때문에, 많은 인력이나 재력도 필요 없는 일 아니오."

"하지만 후작님께서는 이번 대결은 좀 더 공개적으로 치렀으면 하는 바이오."

"공개적으로라면?"

"말 그대로요. 후작께서는 이번 대결에 많은 수의 귀족과 기사들을 수용하길 원하고 있소."

"흠, 그것은……."

백작이 싫은 소리를 내뱉었다. 여태껏 기사대회가 공개적으로 이뤄지지 않은 이유는 대회의 성격상 타인의 눈이 필요가 없었기 때문이었다.

"거절을 하실 거라면 직위를 걸어야 할 거요. 이번 사항에 가장 큰 입김을 발휘한 분이 바로 토레논 공작님이오."

"토레논 공작님께서 말이오?"

이 부분에선 백작도 조금 놀랐다.

토레논은 명실상부 왕국 최고의 귀족이었다. 그는 정치, 경제, 사회, 문화 등 왕국 전반에 걸쳐 거의 모든 영역을 장악하고 있는 권력자였다.

"그렇소."

"어째서 그분께서 기사대결과 같은 하찮은 일에까지 관심을 두는지 모르겠소."

"토레논 공작님께서는 휘하에 두고 있는 불새기사단의 견습기사를 좀 더 어린 검사로 원하고 있소. 어릴 때부터 체계적으로 훈련시키자는 목적이지요. 때문에 그런 인재를 갓 아카데미에 입학할 인물 중에서 물색하고 있소."

두어란의 발언에 란드만과 호드만의 눈이 금세 반짝였다. 토레논이 지휘하고 있는 불새 기사단은 황실 근위 기사단을 제외하고는 왕국 최고의 기사단이었다.

철저히 실력 위주의 그 기사단은 입단 경쟁률만 해도 수백이 넘었다. 견습기사로 들어갈 수만 있어도 대단한 명예를 짊어 쥐는 것이다.

란드만의 눈이 번뜩 뜨일 만 한 일이었다. 하지만 그것의 의미를 피부로 느낄 수 없는 룬은 처음과 같은 무표정한 얼굴로 이 지루한 대화가 언제 끝날지 지켜보고 있었다.

"흠, 토레논 공작님의 뜻이 그렇다면 어쩔 수 없구려. 그럼 우리 측에서 준비를 서둘러야겠소."

"모르긴 몰라도 이번 대결엔 수많은 귀족이 방문을 할 것이오. 최신 시설은 물론 시중을 할 하녀까지 최고의 교육을 받은 엘리트로 꾸며야 할 것이오. 또한 많은 분을 수용할 공간도 있어야 할 것이고, 볼거리 또한 풍부해야 할 것이오."

백작은 가문의 상황을 정리해 보았다. 최신 시설이라고는 어디에도 없으며 시중들도 가문이 돌아갈 최소의 인원이었다. 무엇보다 많은 귀족을 수용할 공간도 부족했다.

룬은 두어란이 전형적인 정치적 계략을 꾸미는 것을 알았다. 이런 것은 이전에도 자주 보던 아주 흔한 수법이었다.

"만약 백작님께서 능력이 안 되신다면 우리 가문에게 대회 권한을 양도하셔도 무방하오."

두어란의 얼굴에 어느새 승자의 미소가 번졌다. 사실 이 자리에 두 가문의 자식을 데리고 오게 한 것은 모두의 앞에서 승리하는 모습을 보여주고 싶었기 때문이다. 그리고 오늘 흡족할 만큼의 성과를 거둘 수 있었다. 벌써부터 베르난도 백작이 곤란한 표정을 짓고 있지 않은가. 그간 묶었던 체증이 싹 가시는 듯 했다.

룬은 과연 이 난해한 상황을 백작이 어떻게 타개해 나갈지 지켜보기로 했다. 그런데 의외로 베르난도는 결정을 아들들에게 넘겼다.

"첫째야. 너는 두어란 백작의 말에 대해 어떻게 생각하느냐."

갑작스런 질문에 잠시 당황하는 했으나 그는 당연하다 듯 입을 열었다.

"시설은 증축하면 그만이고 시녀들도 교육시키면 됩니다. 우리 가문이 맡아도 문제될 것이 없습니다."

그의 얼굴에 탐욕의 빛이 엿보였다. 그의 머리는 대결을 주최했을 때 얻게 될 이익을 계산하기위해 정신없이 돌아가고 있었다.

"둘째는 어떻게 생각하느냐."

"저 또한 형님과 마찬가지입니다."

두어란이 속으로 피식 웃었다. 상황 파악도 제대로 하지 못하는 철없는 백작의 자식에 대한 조소였다. 베르난도 백작의 가장 큰 흠이라면 그의 세 자식일 것이다.

베르난도 백작은 자신에게 엄격하고 신중한 사람이나 어째서인지 자식 일에는 전혀 나서지 않았다. 그러다 보니 그의 자식들은 선대에 비해 조금 떨어지는 면이 있었다. 특히 셋째는 이루 말 할 수 없을 정도로 타락한 상태였다.

두어란은 베르난도 백작의 세 자식을 보며 묘한 성취감을 느꼈다.

두어란이 무슨 생각을 하든지 백작은 계속해 질문을 던

졌다.

"그럼 셋째는 어떻게 생각하느냐."

"저는……."

설마 자신에게까지 질문을 할 거라 생각지 못한 룬은 잠시 뜸을 들이며 생각을 정리했다.

룬은 사실 두어란이 내민 제안을 거절 할 수 없음을 잘 알고 있었다. 그의 말대로 대회를 맡기에는 여력이 부족했고 만약 억지로 대회를 맡았다가는 어설프게 대회를 개최한 것에 대해 질타를 받아야 할 것이다.

하지만 룬은 순순히 두어란의 계략이 넘어가고 싶지 않았다.

"저 또한 이 대회는 저희가 맡아야 한다고 생각합니다."

두 형제의 눈에 탐욕이 있었다면 룬의 눈에는 어딘지 모를 강단함이 있었다.

"대회를 열기에는 우리의 시설은 턱 없이 부족하다."

"들어보니 기사대결은 주최측의 고유권한이라고 들었습니다."

"그렇지. 이 전까지만 해도 분명 그랬지."

"좀 더 성쇠하게 대회를 개최한다하여 그 권한이 없어지는 건 아닙니다. 하니 어떻게든 저희 식으로 개최를 하면 되는 것이지요."

"끌끌, 룬이라고 했더냐."

순진하게 말하는 룬이 가엾던지 두어란이 끼어들었다.

"그것은 그렇게 간단한 일이 아니란다. 막무가내로 일을 떠맡았다가 뒤에 찾아올 책임은 어떻게 하려고 그러느냐. 그리고 앞서 말했듯 이번 대회에는 토레논 공작님을 비롯해 대부분의 고위귀족들이 방문 한단다."

"시설이 못나고 화려하지 않다고 하여 이를 추궁할 수 있는 법도는 없습니다. 다소 누추하더라도 지체 높으신 분들이니 충분히 이해하실 수 있으실 겁니다."

"그런 소리를 하는 걸 보니 아직 어리구나. 하면 너희 가문의 체면은 어떻게 되는 것이냐."

두어란이 민감한 부분을 짚고 넘어갔다.

"체면은 물질적인 것으로 채우는 게 아닙니다. 물질에 움직이는 자는 삼류의 그릇밖에 되지 않습니다. 제국의 귀족들은 모두 지체 높으신 분들이니 응당 그만한 그릇을 가지고 있을 것입니다."

여기서 두어란은 말문이 막혔다. 반문을 하자니 다른 귀족을 깎아 내리는 발언이 되는 셈이었다. 하지만 룬의 얘기는 너무나 추상적이었다.

"아직 세상물정을 너무도 모르는구나. 좋다, 그렇다면 한 번 너희 측에서 이번 대회를 주관해 보거라. 과연 얼마나 잘 할 수 있는지 한 번 지켜보마."

두어란은 자리에서 일어났다. 그는 원래 백작이 대회를

포기하고 그 권한을 자신에게 양도하는 것을 계획으로 삼았다.

하지만 그는 이 세상물정 모르는 풋내기에게 세상이 그리 만만치 않음을 일깨워주고 싶었다. 어차피 베르난도 백작가에서는 대회를 주최할만한 여력이 없었다.

어쭙잖게 대회를 맡았다가 결국 대망신만 당하고 말 것이고 베르난도 백작가는 더 이상 왕국에서 이름조차 내밀 수 없게 될 것이다.

"오늘 아주 유쾌한 대화였습니다. 이번 안건은 브뇽 후작님에게 똑똑히 전하겠습니다."

브뇽 후작에게 이 이야기가 전해지면 백작은 빼도 박도 할 수 없는 상황이 된다. 만약 정식적으로 보고가 된다면 모든 책임을 백작이 짊어 져야 했다. 두어란은 이를 꼬집어 브뇽 후작을 강조해서 말했지만 백작은 별다른 표정이 없었다.

"흥, 나중에 후회나 하지 말구려."

두어란은 두 자식을 데리고 백작가를 나갔다. 그는 처음 가졌던 목표를 달성하지는 못했지만 만족스런 얼굴을 하고 있었다.


두어란이 나가자 장내는 베르난도 백작과 그의 아들들만 남게 되었다.

"이제 대회는 우리가 떠맡게 되었다. 하지만 우리는 여러모로 부족한 점이 많다. 방안이 있느냐?"

베르난도 백작이라 하여 딱히 방안이 있는 것은 아니었다. 그렇다고 이득에 눈이 멀어 무작정 두어란의 제안을 허락한 것은 아니었다. 다만 그는 이런 류의 체면을 별로 중요시 하지 않는 편이었다.

"지금 연무장을 개조하면 수백 명은 수용할 수 있을 겁니다. 그리고 막대한 자금을 들여서라도 새로운 시설을 꾸며야 합니다. 토레논 공작님이 나섰다면 어떤 비용이 들던 그 대가는 분명 얻을 수 있을 것입니다."

"하지만 우리는 연무장을 증축하고 새로운 시설을 꾸밀 여력이 없다."

"제가 아는 재상이 한 명 있습니다. 그에게 도움을 청하면 단기간에 막대한 자금을 얻을 수 있습니다. 일단 그 자금으로 대회만 연 후, 차후에 생기는 이익으로 배상하면 됩니다."

"흠."

란드만이 열변을 토했지만 베르난도 백작은 내키지 않는 눈치였다. 백작은 이번에 이런 방면으로 더 영특한 둘째에게 질문을 던졌다.

"너는 어떻게 생각하느냐."

"저도 형님과 같은 생각입니다."

하지만 호드만 또한 란드만과 별반 다르지 않았다. 백작은 한숨을 내쉬었다. 그러다 룬에게 고개를 돌렸다.

"너는 어떻게 생각하느냐."

"현실적으로 당장 증축을 하는 것은 무리입니다. 또한 연무장만 개조한다고 해서 백작가 전체의 이미지를 쇄신할 수도 없는 것이니 불필요한 일입니다."

두 아들과 다르게 현실을 직시한 대답에 베르난도 백작은 다시 말을 이었다.

"그러면 효율적인 방안이 있느냐."

"아쉽지만 시설을 정비하는 것은 접어두어야 합니다. 다른 무언가를 하기에는 자금도 자금이거니와 시간도 턱없이 부족합니다."

"그게 무슨 말이냐. 너는 대 왕국의 귀족들을 우습게 보는 것이냐?"

란드만이 끼어들었다.

"그리고 다른 누구도 아닌 토레논 공작님께서 오신다고 하는데 어찌 그런 무책임한 말을 할 수 있는 것이냐. 너는 정녕 우리 가문이 웃음거리가 되는 걸 바라기라도 하는 것이냐."

"형님. 너무 성을 내지 마십시오. 이놈이 뭘 알겠습니까."

호드만이 거들었다. 하지만 베르난도 백작은 오히려 두 형제를 제지하며 룬에게 다시 질문을 던졌다.

"있는 그대로를?"

"예. 대회는 꼭 연무장에서만 하라는 법은 없습니다. 저희에게는 경치가 매우 훌륭한 정원이 있습니다. 실외이기 때문에 수백 명이 와도 걱정 없으며 마침 계절도 봄이라 시기도 적절합니다."

"하지만 그곳에는 대결을 벌일 만한 장소가 없지 않느냐."

"정원 중앙에 있는 분수를 철거하고 대결을 벌일 수 있는 공간을 만들면 됩니다. 그 정도의 개조는 현재 여력으로 충분히 가능할 겁니다."

"그들이 과연 실외라는 낯선 곳을 마음에 들어 할까?"

"여기서 한 가지 짚고 넘어갈 부분이 있습니다. 대회가 열릴 시 오게 될 귀족들은 대부분 토레논 공작의 수하이거나, 그와 연줄을 잡고 싶어 하는 자들일 것입니다. 모든 중심에는 토레논 공작이 있습니다. 저희는 다른 누구도 신경 쓸 필요 없이 오직 토레논 공작의 비위만 맞추면 됩니다. 그러면 나머지 귀족들은 자연히 따라오게 돼 있습니다."

"그렇다면 토레논 공작님께서 우리의 정원을 마음에 들어 하실 거란 말이냐."

"그것은 장담 할 수 없습니다. 하지만 그럴 가능성이 매우 높습니다."

"어째서 그리 생각하느냐."

"토레논 공작은 항상 호화스러운 곳에서만 지냈기 때문에, 아무리 화려한 곳에 가도 전혀 새로울 것이 없습니다. 하지만 조금은 누추하더라도 생소한 곳이라면 오히려 크게 마음이 동할 수 있습니다. 더욱이 토레논 공작은 검술에 관해서는 남다른 열정이 있다고 알려져 있습니다. 그런 만큼 다른 것은 모르되 대련장만큼은 부족함 없이 만든다면 크게 기뻐할 것입니다."

"너는 마치 토레논 공작님을 아는 것처럼 말하는구나."

'알다마다요. 둘도 없는 친구였는데.'

룬은 잠시 옛 생각에 잠겼다. 토레논 공작은 잭스보다 십년은 더 나이가 많았다. 신분 또한 하늘과 땅차이만큼 컸다.

하지만 그런 차이는 둘의 관계에 어떠한 영향도 미칠 수 없었다. 토레논 공작은 형식보단 실질을 중요시하고 허레허식이 없는 사람이다. 잭스를 있는 그대로 봐주는 몇 안 되는 사람이기도 했다.

하지만 이를 곧이곧대로 말할 수는 없는 노릇이었다.

"르니에르 왕국에 살면서 공작님에 대해 모르는 사람이 어디 있나요?"

"하긴, 그도 그렇지. 하지만 그분에 대해 그렇게 상세히 알고 있다니 의외긴 하구나. 아무튼 지금 중요한 건 그게 아니니 계속 말해보거라."

"시설도 시설이지만 더욱 중요한 것은 그분의 옆을 지켜줄 수 있는 사람이 필요하다는 겁니다. 토레논 공작의 질문에 막힘없이 대답을 할 수 있으려면 다방면으로 지식이 풍부한 사람이 있어야 하겠죠."

"하지만 우린 그런 인재를 보유하지 못하고 있다."

"토레논 공작은 왕국의 대 공작입니다. 그를 보필하는 데 있어 꼭 아랫사람이 나설 필요는 없다고 봅니다."

"그럼?"

"제가 직접 그를 따라다니겠습니다."

"네가 말이냐?"

"예. 첫째 형님과 둘째 형님이 직접 따라나서는 것은 보기에도 좋지 않을뿐더러, 공작님도 부담스러워 하실 겁니다. 하지만 셋째인 제가 나선다면 보기에도 민망스럽지 않고 공작님께서도 불편해 하지 않을 겁니다."

"흠."

룬의 말은 그럴 듯 했다. 하지만 여기도 문제는 있었다. 그간 행실을 비쳐봤을 때 룬을 신뢰할 수 없는 것이다.

"토레논 공작은 왕국에서 제일가는 지식인이다. 그분과 대화를 이끌어 나가는 건 쉬운 일이 아니다."

"토레논 공작님의 성향을 파악해 미리 질문 리스트를 만들어 숙지해 놓으면 어느 정도 대비할 수 있을 겁니다."

"리스트를 만든다라."

베르난도 백작이 생각을 정리하려는 듯 혼자 중얼거렸다.

"공작님의 성향을 파악한다면 리스트를 만드는 건 어렵지 않을 겁니다. 내일내로 만들어 보일 테니 그걸 보고 결정해 주십시오."

"알겠다. 네 말대로 해 보거라."

평소 망나니처럼 행동하던 룬. 그럼에도 베르난도 백작은 룬의 생각이 그럴 듯해서 인지 흔쾌히 승낙을 했다.

그러자 란드만과 호드만이 길길이 날뛰었다.

"아니, 아버님. 어찌하여 이놈의 말에 따르시는 겁니까. 룬의 평소 행실을 생각해 보십시오. 필시 사단이 나고야 말 겁니다. 혹여 이놈이 죽다 살아났다하여 온정을 베푸시는 겁니까?"

란드만의 말에 베르난도 백작이 그를 물끄러미 바라보았다.

"나는 너희 셋을 차별 없이 대했다고 생각한다. 또 자식이지만 하나의 인격체이기에 내 의사에 반하게 자라더라도 간섭을 하지 않고 최대한 있는 그대로를 봐주려 노력했다. 나는 그저 이 아이의 말이 너의 말보다 일리가 있어 승낙했을 뿐이다."

백작의 말에 란드만은 어떤 대답도 할 수 없었다.

세 아들이 나간 후 백작은 르넨을 불렀다.

"오랜만이네, 집사."

"그렇습니다. 요새 미스릴광산 때문에 정신이 없어 제대로 찾아뵙지도 못했습니다. 죄송합니다."

"괜찮네. 자네가 아니면 그만한 사업을 누가 맡겠나."

"과찬이십니다."

"흠. 그건 그렇고 아주 고얀 일거리를 떠맡게 되었네."

"고얀 일이라니요?"

"그것이……."

백작은 이번 기사대회의 관한 얘기를 자세히 설명해주었다. 자신의 아들들과 나눈 이야기도 빠짐없이 설명했다. 르넨은 고개를 끄덕이며 듣다, 룬의 설명이 나오는 데서 잠시 의아한 표정을 지었다.

"룬님께서요?"

"그래, 그 아이가 말일세."

"허허, 쉽게 상상이 가지 않는군요. 하지만 사실 셋째도 련님이 사고에서 깨어나신 후 이전과 달라지셨다는 걸 은연중 느끼고 있었습니다."

르넨은 과거 룬을 떠올렸다. 어느 것 하나에 집중하지 못하는 산만함에, 우유부단함까지 갖춘 게 룬이었다. 그리고 그 특유의 아집은 사람을 질리게 만들 정도였다.

하지만 며칠 전 깨어난 룬은 마치 다른 사람이 되어 버린 듯 했다. 비록 그 사이에 몇 번을 본 것이 전부지만, 사람 보는 눈이 제법 정확하다고 자부하던 그의 눈에는 룬이 이전과는 분명 달라 보였다.

"미스릴광산도 그렇고, 하늘이 드디어 백작님의 가문에게 복을 내려 주시나 봅니다."

르넨은 오랜 세월 백작가에서 녹을 먹었다. 이제는 백작가가 제 집이었고 가족이나 다름없었다.

"글쎄. 그야 지켜봐야 알 일이겠지."

"너무 부정적으로 생각하지 마십시오. 모든 게 다 잘 될 것입니다."

"허허-. 나도 늙었나 보이. 자꾸 딴 생각이 들어. 이렇게 오랜만에 만났는데 무거운 얘기 말고 술이나 마시며 여흥을 즐기세."

백작이 하녀를 시켜 술상을 봐오게 했다. 둘은 늦은 밤까지 음주를 즐겼다. 하지만 그 사이 오간 대화는 그리 많지 않았다.


두 개의 달은 막 지고 아침이 오려 하고 있었다. 그 늦은 시각까지 룬은 잠을 이루지 못했다. 룬은 자신의 판단이 옳은 것인지 확신을 가질 수 없었다.

'엄밀히 따지면 이방인인 내가 가문이 이렇게 깊숙이 관여해도 되는 걸까.'

머리가 혼란스러웠다. 이렇게 아무렇지 않게 베르난도 백작의 아들로 살아도 되는지 의문이었다.

'이미 백작가의 셋째 아들의 몸에 들어왔고 또 그의 모습으로 살기로 결정한 거 어쩌겠어.'

룬은 다시금 그렇게 마음을 다잡았다.

'그나저나 실제로 본 백작의 모습은 이놈의 기억과는 조금 다르군.'

원래 룬의 기억으로 아버지는 엄격하고 항상 자신을 못마땅해 했다. 그러다 종내에는 아예 관심조차 접어버렸다.

하지만 실제 그를 만나보니 그는 딱 히 룬을 다른 두 아들과 다르게 대하지 않았다.

물론 그렇다고 하더라도 부자간의 따뜻한 정을 느낄 수 있던 것도 아니었다.

'혹여, 트린베니아지방의 사람인가.'

트린베니아는 북부지역이 위치한 나라로 전투민족으로 널리 알려져 있었다. 규모가 작고 제국과 맞닿아 있지만 워낙 호전적이고 싸움을 잘해 아직까지도 제국의 공세를 버티고 있는 나라였다.

트린베니아 사람들은 전투민족답게 자식들을 강하게 키웠다. 사실 강하게 키운 다기 보다는 자식들에게 보통의 부모로써의 역할을 하지 않는다는 편이 옳았다. 그들은 자식에게 간섭을 하지 않는 게 자식을 인정해 주는 것이라 믿었다.

때문에 설령 자식들이 사창가나 드나드는 파락호가 되어도 별다른 제지를 하지 않았다. 그저 '그건 자식들의 인생이니까.' 하는 정도가 전부였다.

베르난도 백작의 평소 올곧은 행실로 볼 때 트린베니아적인 습성이 있다고 밖에 생각이 들지 않았다.

'트린베니아는 모든 부모가 그러니 이상할 게 없지만, 왕국 자식들 입장에서는 부모한테 여간 서운하지 않을 수 없겠군. 아무튼 자식과 부모간이 이렇게 깊은 골이 생겼는 데다 그대로 방치하다니 정말 이해할 수 없는 일이야.'

룬은 창가로 다가가 바람을 쐬었다. 그러다 한기가 조금 돌자 침대로 돌아와 가부좌를 틀고 앉아 마나연공을 시작했다. 마나연공은 달이 완전히 지고 해가 떠오를 때까지 계속 되었다.

마나연공을 해서인지 잠을 자지 않았음에도 피곤한 기색은 없었다. 오히려 몸에 가득 찼던 탁기가 빠져 개운한 감마저 있었다.

룬은 맑아진 머리로 백작에게 보여줄 질문리스트를 구상했다. 과거 토레논을 기억하며 질문거리를 만들자 1시간 만에 모두 완성할 수 있었다.

운기를 마친 룬은 백작을 만났다. 그에게 질문 리스트를
보여주기 위함이었다.

"벌써 완성했느냐?"

"예."

룬이 질문 리스트를 내밀었다. 그런데 의외로 백작은 리
스트를 제대로 확인도 하지 않은 채 모든 권한을 룬에게
위임했다.

"이번 일은 네가 한 번 맡아서 해 보거라."

"예?"

룬이 의아해 하며 묻자 백작은 아무런 대답도 하지 않고
그냥 고개만 끄덕였다. 대체 그가 무슨 생각을 하고 있는
지 알기 힘들었다.


기사대회에 관해 전부를 위임받은 덕분에 룬은 상당히
바빠졌다. 경기장은 아주 간단하게 꾸밀 생각이었다. 대결
을 벌이는 데 불필요한 요소를 없애는 것이 주목적이었다.
또한 크게 만들어 장외 패하는 일이 되도록 없게 만들 계
획이었다.

"이렇게 만들면 돈도 적게 들고 빠르게 완성할 순 있지
만 너무 초라해 보이지 않겠습니까?"

룬이 공사를 담당하는 까를로에게 본인의 생각을 말하
자 조금 걱정스런 투로 대답했다.

"괜찮소. 대신 경기장만은 질 좋은 대리석으로 만들어 내구성을 보장할 수 있어야 하오."

"알겠습니다."

공사는 즉시 이뤄졌다. 원래 있는 분수를 철거하고 그 위에 대리석을 깔아 경기장을 만들었다. 경기장은 간단한 구조만큼이나 금세 만들어졌다.

열흘 정도가 지나자 제법 그럴싸한 경기장이 정원에 자리를 잡았다. 룬은 흡족한 표정을 지었다. 아주 간단하지만 대결을 하는 데 최상의 조건의 경기장이었다.

이어 룬은 주위에 의자를 배치했다. 왕국에는 좌식문화가 없었다. 때문에 거지나 천민만이 바닥에 앉았다. 그런 걸 귀족에게 시킬 순 없는 노릇이었다. 아무리 세상이 점점 민주화가 되어 가고 있지만 말이다.

의자까지 배치하자 나름 괜찮은 대회장이 만들어졌다. 귀족들이 보기엔 초라한 모습이겠지만 룬은 이 대회장이 아주 마음에 들었다.


대회장이 완성 된지 며칠 뒤, 마침내 검술대회가 개최되었다. 룬은 일찍부터 일어나 토레논 공작을 맞이하였다. 그는 공작이라는 직책이 무색할 만큼 소박한 모습이었다. 호위도 없었고, 잔시중을 드는 하녀 한명만 그의 옆을 지켰다.

룬, 아니 잭스가 평소 보아오던 토레논 공작 그대로의
모습이었다.

룬은 반가운 마음에 덥석 포옹이라도 하고 싶었지만 꾹
참고 백작가의 셋째아들 노릇을 했다.

"룬이라고 합니다. 베르난도 백작가의 셋째아들입니다.
오늘은 제가 공작님의 편의를 돕겠습니다."

"자네가 직접 말인가?"

"예."

"흠. 알겠네."

토레논은 의외인 얼굴로 룬을 응시했다. 이제껏 많은 가
문을 돌아 다녔지만 그 가문의 자식이 직접 따라나서는 일
은 굉장히 드문 일이었다.

토레논은 베르난도 백작가가 그토록 어려운 지경이었나
생각해 보았다. 하지만 생각은 오래 가지 않았다. 백작가
에 대해 아는 것이 별로 없었기 때문이다. 이런 조그만 가
문까지 신경 쓰기에 그는 너무 많은 업무에 시달려야했다.

룬은 토레논을 대회장으로 안내했다. 그리고 경기가 가
장 잘 보이는 자리에 앉혔다. 그 옆에 룬도 앉았다. 하나
둘씩 다른 귀족들도 모여 들기 시작했다.

그들은 이 초라한 경기장을 보며 기겁을 하는 눈치였다.
그 모습에 룬이 가슴을 졸였지만 정작 토레논은 외형 따위
에는 신경도 안 쓰는 눈치였다.

룬이 그렇게 안도하고 있는데, 토레논이 정곡을 찌르는 질문을 던졌다.

"흠. 경기장이 너무 단조로운 것 아닌가?"

"예. 하지만 경기를 치르는 데는 최상의 조건입니다. 다른 곳은 몰라도 경기장만큼은 질 좋은 대리석으로 만들었기에 내구성도 튼튼하며 미끄러질 염려도 없습니다. 또 관전을 함에 있어 아무런 장애물도 없기에 오직 경기에만 집중할 수 있습니다."

토레논은 다시 경기장을 응시했다. 룬의 말대로 경기에만 집중하는 데 좋은 조건이라는 것은 부인하기 힘들었다. 간혹 화려한 장식들로 인해 오히려 그곳에 시선이 가는 경우도 있는 데 그런 면에서 이렇게 단조로운 구조는 꽤나 마음에 들었다.

"그럼 실내가 아닌 야외에 장소를 정한 것도 경기와 연관이 있는 것인가?"

"지금은 막 봄에 접어드는 시기라 몸을 움직이는 데 더없이 좋은 계절입니다."

"하지만 가만히 있는 우리들은 쌀쌀하게 느낄 수도 있는 계절이지."

토레논 공작의 질문은 날카롭게 이어졌다. 하지만 불만스러운 표정은 아니었다. 그는 그저 상대방을 곤란하게 만드는 것을 즐길 뿐이었다. 그것은 그의 좋지 못한 습관 중

하나였다.

"이번 대회의 모든 초점은 선수들에게 맞췄습니다. 다소 쌀쌀할 수 있으나 검사들에게는 이보다 좋은 날씨가 없을 겁니다."

"그럼 관전을 하는 우리들은 안중에도 없다 이건가?"

"그건 아니지만 어디까지나 주축이 되는 건 그들이니까요."

토레논은 예사로운 눈으로 룬을 보았다.

어디서나 구심점 역할을 했던 토레논이다. 왕국 최고의 신분, 최고의 권력. 그것은 늘 그를 최고로 만들어 주었다.

그런데 고작 아카데미에 입학 할 새내기들에게 순위를 밀리고 말았다. 많은 가문을 돌아 다녔지만 이런 경우는 한 번도 없었다.

하지만 기분이 나쁘지 않았다.

언제부터인가 자신 곁에는 탐욕에 들끓는 승냥이 같은 자들 뿐이었다. 순수함을 간직한 자는 이제 더 이상 없었다. 그래서 인지 룬의 순수한 의도가 마음에 들었다.

특히 검술에 관한 순수함이었기에 더욱 마음이 동했는지 모른다. 토레논은 검술을 자신의 삶의 일부로 생각할 만큼 중요하게 여겼다.

"알았네. 그렇다니 이 정도는 내가 양보하지."

그는 깨끗이 룬의 말에 수긍했다. 룬은 역시 토레논이

군. 하며 고개를 끄덕였다.

　어느새 주위는 많은 귀족들로 가득 메워졌다. 하지만 토레논의 옆자리는 아직도 공석이었다. 그때 누군가 곁으로 다가왔다. 왕국의 견식이 짧은 룬으로써는 그가 누군지 알아 볼 수 없었다.

　"왔는가. 정말 오랜만일세."

　토레논이 말했다. 그는 오랜 친구를 만나는 것처럼 다정한 모습이었다.

　"오랜만이구먼. 이젠 얼굴 보기도 힘들어졌어."

　그가 말했다. 그 또한 친구를 만나는 것처럼 아주 자연스럽게 행동했다. 그는 공작의 오래된 친구로 그래플아카데미의 검술교관으로 있었다.

　그래플의 리오드로라 하면 왕국에서는 모르는 사람이 없을 정도로 유명했다. 하지만 그는 웬만해선 공식적인 활동을 하지 않아 그 실체를 확인한 사람을 몇 되지 않았다.

　"자네에게도 아직 이런 순수함이 남아 있다니 오랜 친구로써 아주 기쁘구먼."

　리오드로가 말했다.

　"선배검사로 앞으로 왕국을 짊어질 인재를 양성하는 것이야 너무도 당연한 일 아니겠는가. 칭찬까지 할 게 뭐 있겠나."

"다른 건 몰라도 검에 대한 순수함만은 지니고 있는 듯
하여 해본 말이네."

둘이 대화를 나누고 있는 사이 기사들과 새내기들이 모
두 대회장에 도착하였다.

"이제 경기를 시작하는 게 좋겠군."

토레논이 말하자 경기는 바로 시작 되었다. 처음에는 피
오른기사단의 칼로라는 기사와 드리젠의 대결이었다. 칼
로는 토레논의 앞이라 그런지 많이 긴장한 모습이었다. 드
리젠 또한 별반 다르지 않았다.

둘은 어떻게든 공작의 눈에 들고 싶어 애초에 기사대회
의 목적을 망각하고 말았다. 그 결과 경기는 기사의 허무
한 승리로 끝나 버렸다.

문제는 이런 경기가 한 둘이 아니라는 점이었다. 열에
아홉은 모두 이런 양상을 띠었다.

"흐음."

토레논이 이러한 양상이 마음에 들지 않는지 불편한 신
음을 흘렸다.

하지만 다음에 있을 경기만은 다를 거란 기대감이 있었
다. 바로 브농 후작의 장자 리오네드의 차례였기 때문이
다. 그는 기사들 사이에서는 꽤나 유명했다. 그의 손에 나
가떨어진 기사가 한둘이 아니었기 때문이다.

잠시 후 리오네드가 경기장에 나섰다. 장내는 순식간에

침묵했다. 아직 아카데미도 입학하지 않은 새내기의 존재
감은 이미 선배기사를 넘어서고 있었다.

그런 리오네드의 실력을 잘 알기에 기사 측에서도 아무
나 내놓지는 않았다.

몬테니오.

그는 토레논이 지휘하는 불새기사단의 견습기사였다.
견습기사라도 불새기사단이라면 웬만한 기사보다 실력이
좋았다.

처음 선공을 취한 것은 후배인 리오네드였다. 그는 어린
나이답지 않게 노련한 움직임으로 몬테니오를 압박해 나
갔다. 한수 한수 단순한 공격인 것 같으면서도 계속해 우
위를 점하고 있었다. 대결을 장기적으로 보는 안목이 뛰어
나 보였다.

하지만 불새기사단은 역시 허명이 아니었다. 리오네드
가 찔러 오는 검을 쳐댄 몬테니오가 믿을 수 없는 속도로
반격을 시도했다. 리오네드는 깜짝 놀랐지만 능수능란하
게 그의 기습을 막아냈다.

이어진 대결은 거의 몬테니오의 일방적인 공격이었다.
리오네드는 막기에 급급했다. 그래도 치명상을 입지는 않
았다.

"과연, 불새기사단이군. 기본기를 아주 충실히 단련시
켰어."

리오드로가 말했다.

"하지만 아직 새내기 한 명을 가지고 이리 시간을 끌다
니 아직 부족한 점이 너무 많아."

"이번 대회의 목적을 생각해 보게. 그는 지금 저 새내기
에게 지도를 해주는 것이네. 쉽게 끝나서야 되겠나."

"내가 보기에 저놈은 지금 최선을 다하고 있어. 이 대회
는 내가 좋아 하던 몇 안 되는 전통이었는데, 막상 와서 보
니 그 의미가 많이 퇴색된 듯 하군. 기사놈들은 하나같이
제 실력을 뽐내기 위해 혈안이 돼 있고, 새내기놈들도 제
대로 배우겠다는 의지가 없어. 그저 연줄을 잡고자 자리를
마련한 것 뿐이지."

토레논은 기사대회의 맹점을 아주 정확히 파악했다.

"그래도 저 몬테니온가 하는 놈은 쓸 만하지 않나. 대결
을 아주 침착하게 임하고 있어. 장기적으로 대결을 관철하
는 인내도 있고."

"하지만 마음에 안 들어."

토레논이 말했다. 리오드르가 그럴 줄 알았다는 듯 고개
를 끄덕였다. 그는 공작의 오래된 친구로 눈빛만 봐도 토
레논의 기분을 알 수 있었다.그를 지켜보던 룬 또한 역시
나 하고 같이 고개를 끄덕였다.

토레논은 지금 매우 답답한 심정이었다. 그는 정통적인
검술을 매우 좋아했다. 우직하고 무게감 있는 검을 말이다.

하지만 요새의 검술은 하나같이 겉만 화려하고 실속이 없었다. 특히 너무 틀에 박힌 검은 아무 매력도 느낄 수 없었다. 토레논은 이런 답답함을 누군가는 알아줬으면 하는 바람이었다.

그래서 일까.

문득 자신의 옆에서 고개를 끄덕이고 있는 룬에게 시선이 갔다.

그를 보던 공작은 조금 이상한 생각이 들었다. 처음 본 듯 낯설면서도, 어딘지 친근한.

"자네는 저 둘의 검술이 어떻게 보이나?"

질문을 던졌지만 딱히 기대한 것은 아니었다. 그저 예전 누군가가 떠올랐기에 넌지시 던져 본 것이었다.

"글쎄요."

룬은 일단 이렇게 운을 띄웠다.

"너무 가벼운 거 아닌가 싶습니다."

그 말에 토레논의 눈이 커졌다.

"가볍다? 검장기 부딪치는 소리가 이곳까지 들릴 정도인데 가볍다니."

"실전적이지 못하고 깊이가 없음을 말하고 싶었던 겁니다."

"실전적이지 않다, 깊이가 없다?"

"예. 저는 검술에 대해서 잘 모릅니다. 하지만 저 자와 싸운다면 질 것 같지는 않군요. 그래서 가볍다는 겁니다. 그건 저자가 검의 근본적인 존재 이유를 무시했기 때문입니다."

룬은 과거 마법사지만 육체적인 면으로도 꽤 뛰어난 편이었다. 그건 사부의 영향이 컸다. 사부도 마법사이긴 하지만 마법보다는 몸으로 실천하는 것을 즐겼다. 아주 오래 지나서야 안 것이지만 스승은 사실 마법사가 아니라 검사였다고 한다. 검사가 어떻게 마법을 쓸 수 있느냐 하는 의문이 들겠지만, 룬의 사부는 상식이 통하는 사람은 아니었다.

사부가 검사였다 보니 룬은 그와 수많은 대련을 하였다. 그리고 사부의 귀신같은 움직임에 복날 개 맞듯 맞다보니 자연히 싸우는 법을 터득할 수밖에 없었다.

또한 흑마법사라는 타이틀 때문에 실제로 검사들과 직접 상대해 본 경우도 많았다. 그래서 검사들의 습성을 어느 정도 파악하고 있었다.

그런 면에서 저기 대련장에서 싸우고 있는 기사는 허울은 좋지만 전혀 실전적이지 못한 검술을 구사하고 있었다.

"검의 근본적인 이유이라니? 검술도 모르는 자네가 어찌 검의 기본을 논하는가?"

이 대목에서 공작의 어투는 다소 격앙된 듯싶었다. 아무것도 모르는 애송이가 검의 기본에 대해 운운하니 기분이 좋지 못한 것이다.

"검의 기본은 베고 찌르는 데 있습니다. 직설적으로 말하자면 상대방을 헤치는 게 목적입니다. 검술의 기본을 알고 모르고를 떠나서 그건 분명한 사실이죠. 저자의 검술에는 그런 가장 기본적인 것이 없습니다."

"지금 이 대결은 대련이네. 살생을 해야하는 실전이 아니란 말일세. 그런데 어찌 검의 기본을 운운하며 무시무시한 소리를 하는 겐가?"

"진정한 검사라면 작은 동작 하나하나가 모두 살초라야 합니다. 살초지만 대련이기에 손속에 사정을 두는 것과 애초에 상대방을 해칠 수 없는 검과는 큰 차이가 있습니다."

룬의 말을 듣던 공작은 갑자기 묘한 표정이 되었다. 그는 과거를 거슬러 한 남자를 떠올렸다.

그는 흑마법사지만 심성이 깊고 착했다. 마법사면서도 제법 싸움도 잘해 가끔씩 대련을 하곤 하였다. 그때마다 그가 말하길.

-자네는 다 좋은데 손속이 너무 매워. 한낱 대련인데 너무 세게 나오는 게 아닌가.-

그때 토레논 공작은 이렇게 대답했다.

-검사의 검은 어떤 경우라도 살초여야 한다네. 그건 검사로써 가장 기본이 되는 자세일세. 자네는 자네의 그 무

서운 마법이 나를 죽일 수 있음을 알면서도 아무런 거리낌 없이 사용하지 않는가? 우린 그저 서로의 길을 걸은 것이니 더 이상 투덜대지 말게나.-

과거를 회상하던 토레논 공작은 어느덧 회환에 젖은 얼굴이 되었다. 즐겁게 대련을 벌이고 마음을 터놓고 대화를 나누던 그 친구는 얼마 전 유명을 달리했다.

"예전에 누군가한테 해놓은 말이 있어서 자네 말에 동의하지 않을 수가 없게 됐군. 자네 얘기를 듣고 있으니 누군가 자꾸 떠오르는구먼."

"그 잭스라는 친구 말인가?"

중간에 리오드로가 끼어들었다.

"그의 이야기는 자네한테 많이 들었지. 한 번도 못 본 것이 영 아쉽지만 말이야. 자네 말만 듣자면 나하고도 좋은 친구가 될 수 있었을 텐데."

"그런 소리 말게. 자네는 형식을 중요시 여기는 사람 아닌가. 그런 자네가 어떻게 흑마법사와 친구가 될 수 있단 말인가."

룬은 기분이 묘했다. 공작과 리오드로가 말하고 있는 인물은 다른 누구도 아닌 자신이지 않은가. 자신의 이야기를 제 3자의 시선으로 바라봐야 한다니.

"다른 건 몰라도 사람을 대하는 데 있어서는 형식을 중요시 여기지 않는다네. 그렇지 않다면 한낱 아카데미 검술교관인 내가 어떻게 왕국의 공작인 자네와 친구를 할 수 있겠나."

"듣고 보니 그도 그렇군."

공작은 검술교관의 말에 고개를 끄덕이다가 다시 룬에게로 시선을 돌렸다. 공작이 막 뭐라 말하려던 찰나 룬이 먼저 선수를 쳤다.

"그 친구라는 분은 어떤 사람입니까?"

"그놈? 말도 말게. 성격이 아주 고약한 놈이었지. 삐끗하면 욕을 해대고 말술에 손속은 얼마나 잔인하던지. 여색을 밝히지 않는 게 그나마 다행이었지."

룬은 속으로 울컥했다. 하지만 말을 하고 있는 공작의 얼굴에 자조가 섞여 있었기에 이내 서글픈 마음이 들었다.

"말로만 들었을 때는 전혀 좋은 사람 같아 보이지는 않는군요. 그런 사람이랑 공작님이랑 어떻게 친구가 될 수 있었는지 모르겠네요."

"사실 그놈은 좀 특이했어. 마법사인 주제에 검사만큼이나 움직임이 민첩하고 또 감각이 아주 좋았지. 처음엔 그게 신기해서 자주 보게 되었지. 그렇게 계속 만나다보니 미운정이 든 거지."

공작은 이에 대해 더 이상 아무 말도 하지 않았다. 말을 하는 공작의 표정이 편치만은 않았기에 룬도 더 이상 질문을 하지 않았다.

그때 공작이 룬에게 말을 던졌다.

"자네 덕에 오랜만에 옛 추억을 떠올리게 되었군. 고마운 일이네. 그럼 고마운 김에 한 가지 일을 더 해줄 수 있겠나? 말이야 내뱉으면 그만이니 누구나 할 수 있는 것 아닌가? 자네는 분명 저 기사를 이길 수 있다 하지 않았나. 그렇다면 내 앞에서 그와 대결을 벌일 수 있겠는가?"

토레논 공작이 이렇게 나오자 룬으로서는 상당히 난감했다. 그 기사를 이길 수 있다 한 것은 예전을 기준으로 한 것이었다. 마나연공으로 어느 정도 몸을 회복했다고 하나 수습기사와 싸우기에는 턱없이 부족했다. 더욱이 지금은 마법도 사용할 수 없는 처지 아닌가.

하지만 공작의 말을 거절하자니 이제까지 말이 모두 허언이 되고 마는 것이었다. 오랜 친구인 토레논 앞에서 말만 번지르르한 샌님으로 보이기는 싫었다.

"좋습니다. 공작님께서 원하시면 한 번 해보죠."

"기대하겠네."

토레논과 룬이 대화를 하는 사이 경기는 종료 되었다. 결과는 몬테니오의 승리였다. 브뇽 후작의 자제는 비록 또래에서 굉장한 실력자임에는 틀림없었으나 불새기사단을 넘을 수는 없었다.

둘의 대결을 끝으로 모든 대회 일정이 끝이 났다.

그때 토레논 공작이 나서 룬과 견습기사 몬테니오의 대결을 성사시켰다.

룬과 몬테니오는 대련장에 나와 마주보고 섰다. 몬테니오는 왜 공작이 친히 이런 대결을 주최했는지 의아했다. 척 봐도 눈앞의 애송이는 검술에 검자도 모르는 애송이었다.

하지만 아무럼 어떠랴. 공작이 친히 주간한 대결이니만큼 확실하게 눈도장을 찍을 좋은 기회가 아닌가.

"자 그럼 대결을 시작하겠습니다. 대결 방식은···."

사회자가 주절주절 떠드는 것을 끝으로 대결은 시작 되었다.

룬은 자신의 손에 들린 대련용 롱소드를 바라본 뒤에 다시 몬테니오를 보았다. 몬테니오는 거만한 얼굴로 선공을 취하라 손짓했다.

하지만 룬은 선공을 취할 생각이 전혀 없었다. 그러다보니 대결은 서로 노려만 볼뿐 진전이 없었다. 무엇을 보여줘야 되는 쪽은 몬테니오였기에 결국 그가 먼저 룬에게 달려들었다.

룬은 뒤로 물러서며 그의 쇄도를 피했다. 하지만 몬테니오는 더 빠른 속도로 룬에게 다가와 검을 휘둘렀다. 룬이 고개를 숙여 검을 피한 뒤 앉은 자세에서 그대로 롱소드를 찔렀다.

몬테니오가 몸을 살짝 오른쪽으로 돌며 검을 피했다. 그러자 룬이 기다렸다는 듯 몸을 회전시켰다. 돌발적인 공격에 몬테니오는 피하지 못하고 검을 그대로 맞아야했다.

하지만 룬의 근력은 형편없어 몬테니오에게 어떤 타격도 줄 수 없었다.

몬테니오는 당황했지만 금세 추스르고 룬의 검을 발로 밟은 후 룬을 공격했다. 절체절명의 위기를 맞은 룬은 일말의 망설임 없이 검을 놓고 뒤로 물러섰다.

그러자 경멸에 찬 듯한 얼굴로 몬테니오가 말했다.

"검사가 검을 버리다니. 너는 이미 검사로써 긍지를 져버렸다. 더 이상의 대결은 무의미하니 이만 포기해라."

"미안하지만 난 검사가 아니야. 그냥 검을 들고 싸운 사람일 뿐이지. 나도 웬만하면 그냥 포기하고 싶지만 약속을 한 게 있어서."

"더 싸우겠다는 말인가? 검도 없는 자를 공격하는 건 기사로써 수치다."

"그럼 네가 물러나던지."

"험한 꼴을 봐야겠다면 어쩔 수 없지."

몬테니오는 순순히 룬의 검을 다시 돌려줬다. 그에게는 애초에 룬에게 검이 있든 없든 상관이 없었다.

다시금 공방이 이어졌다. 주로 몬테니오가 화려한 기술로 공격을 하면 룬이 가까스로 피하는 양상이었다.

"지지 않을 거라더니 그 말은 일단 지키고 있군. 설마 했는데 정말로 검술을 하나도 모를 줄이야."

대결을 지켜보고 있던 리오드로가 말했다.

리오드로의 말에도 공작은 별말 없이 대결을 지켜보고 있었다. 그의 눈에는 어딘지 이채가 서려 있었다.

"저 녀석을 보니 누군가 자꾸 떠오르는군. 이상한 일이야. 나는 지금 옛 친구가 떠올라 객관적으로 대결을 감상할 수 없을 것 같군. 어떤가, 자네라면 저 청년을 제자로 받아보고 싶은 마음이 있는가?"

공작이 물었다.

"뭘 그런 걸 묻나?"

리오드로가 검사의 자질을 판단하는 기준은 아주 간단했다. 가르쳐 보고 싶으면 자질이 있는 것이고 아니면 없는 것이다.

"흠흠. 뭐 동작이 굼뜨고 엉성하지만 누가 억지로 가르쳐 보라고 들이민다면 거절은 할 수 없겠지. 다시 말하지만 내 스스로 가르치지는 않을 거야. 정말 어쩔 수 없이 가르칠 거라는 말이네. 아무튼 정말 형편없는 검술이라니까."

리오드로가 투덜댔지만 그 역시 공작과 마찬가지로 예의주시한 눈으로 대결을 지켜보고 있었다. 어느덧 잔잔한 미소가 걸려 있었기에 공작은 그가 말과 다르게 상당히 집중하고 있음을 알 수 있었다.

대결은 여전히 몬테니오의 일방적인 공세로 이어졌다. 슬슬 지겨워 졌는지 몬테니오가 공격을 멈추고 룬에게 말했다.

"쥐새끼처럼 잘도 피하는 군. 하지만 그럴수록 너만 우스워 진다는 걸 모르는 모양이군. 주위를 한 번 봐보지? 다들 너를 얼마나 우습게 쳐다보고 있는지."

"싸우는데 남들 시선은 상관없어. 이기면 그만이지. 그런 눈을 의식하는 걸 보니 아직 멀었군."

"후후. 네가 지금까지 버틴 게 네놈이 잘나서인 줄 아나?"

"물론 네놈이 못났기 때문이지. 설마 내가 아직까지 버틴 게 네가 전력을 다하지 않았기 때문이라 생각하는 건 아니지? 그럼 정말 오산이야."

"뭐라?"

"발끈하는 거 보니 맞는 모양이네. 견습기사인 네가 검술도 모르는 나를 상대로 아직까지 승리를 따내지 못하다니. 누군가는 지금쯤 크게 실망하고 있을지도 모를껄."

"후후. 이제 하다하다 안되니 잔꾀를 부리는 군."

룬의 도발에도 몬테니오는 차분하게 말했다. 하지만 처음과 달리 표정이 딱딱해지고 눈에서 불이 뿜어져 나올 것 같았다.

몬테니오가 황소같은 기세로 룬에게 쇄도했다. 이전과

는 비교할 수 없을 정도로 빠른 움직임이었다.

몬테니오는 확신했다. 저 애송이녀석은 자신이 어떻게 당했는지도 모른 채 바닥을 나뒹굴 것이라고.

허나 몬테니오의 예상은 빗나갔다. 몬테니오가 움직이자 기다리기라도 한 듯 룬이 맞 쇄도를 했다. 몬테니오가 반사적으로 검을 찌르자 룬이 그것을 피하며 몬테니오의 다리를 걸었다. 몬테니오의 움직임은 룬보다 훨씬 빨랐지만 몬테니오가 쇄도하는 것만 기다리고 있었기에 가능한 일이었다.

몬테니오의 육중한 몸이 바닥을 뒹굴었다. 그리고 어느덧 목덜미에는 룬의 검이 닿아 있었다. 그것으로 대결은 끝이 났다.

대결을 지켜보던 좌중들의 얼굴에는 이 황당한 결과에 놀람을 금치 못하는 기색이 역력했다.

NEO FUSION FANTASY STORY & ADVANTURE

제 2 장

그래플아카데미

제2장
그래플아카데미

검술대결이 끝나고 룬은 자신의 몸이 생각했던 것 이상으로 형편없음을 깨달았다. 그래서 무언가 특단의 조치를 내릴 필요성이 있다고 생각했다.

'영약을 만들어야겠군.'

영약은 사부가 일러준 것으로 순식간에 마나를 진전시켜주는 효능이 있었다. 제조 방법이 까다로운데다 재료를 구하는 게 쉽지 않지만 효과만은 탁월했다.

'산삼, 노루의 뿔, 산화초, 담백, 자라…. 대충 이 정도였나. 우선 재료를 구하고 영약을 받아들일 수 있는 몸을 만드는 게 시급하겠군.'

영약은 만드는 게 힘든 것도 힘든 거지만 그 효능을 받아들이기 위해서는 어느 정도 몸 상태는 되어야 했다. 꾸준히 단련을 한 사람에게 산행은 운동이 되지만 그렇지 않은 사람에게는 몸져 누워야할 일이 되는 것과 비슷한 이치였다.

룬이 몸 상태를 점검하고 있는 사이 오르온이 찾아왔다.

"연회에 가실 시간입니다."

"벌써 그렇게 됐나. 정말이지 연회는 딱 질색이야. 불필요한 장신구를 치렁치렁 매달고 처음 본 여자와 춤이나 추고."

"하지만 룬님께서 얼굴을 비추시지 않으면 큰 실례가 될 겁니다."

"또 잔소리를 하려 하는군. 가면 되잖아."

룬이 자리를 털고 일어났다. 원래 일정은 대회를 무사히 끝마치는 것까지였다. 하지만 토레논 공작이 친히 연회를 열 것을 부탁한바 급작스레 연회가 벌어졌다.

급작스럽게 벌어진 데다 베르난도 백작가의 형편이 워낙 좋지 못한 탓에 연회는 귀족들을 만족시키기에는 턱없이 부족했다.

하지만 토레논 공작이 만족스러운 얼굴을 하자 다들 이에 대해서는 아무런 말도 하지 않았다.

어느새 연회장에 도착한 룬은 샴페인을 들이키며, 삼삼

오오모여 얘기를 나누거나, 춤을 추거나 하는 귀족들을 바라보고 있었다.

그때 룬의 두 형제가 다가왔다.

"공작님께서 친히 우리 가문에서 연회를 주관하시다니. 굉장히 영광스러운 일이다. 그런데 너는 어찌 이 즐거운 자리를 즐기지 못하고 뚱한 표정으로 있는 것이냐?"

란드만이 말했다.

"대결을 벌여서 그런지 피곤해서요."

룬은 대충 얼버무리듯 대답했다.

"대결이라. 그것도 대결이라 할 수 있는지 모르겠구나. 처음부터 끝까지 우스꽝스럽게 도망만 치다 운이 좋게 몬테니오가 발을 헛디디는 바람에 이긴 것을. 하긴 그렇게라도 승리하지 못했다면 정말이지 가문이 우스운 꼴이 될 뻔했어. 명심하거라. 너는 자랑스런 베르난도 백작가의 자식이다. 항상 행동을 똑바로 하란 말이다."

"예, 예."

룬이 첫째를 보지도 않은 채 건성으로 대답했다.

"이놈이."

"형님. 참으십시오. 이놈이 이런 게 어디 하루 이틀입니까. 이 즐거운 자리에 괜히 말을 섞어 기분 버리시지 마시고 우린 저 아테네 자작의 여식과 즐거운 이야기를 하러 갑시다."

"흐음. 네 말이 맞다. 토레논 공작님께서 친히 주관하신 이 연회에 괜히 기분 상할 일을 만들 필요는 없겠지."

여러 귀족을 의식해서인지 란드만이 금세 화를 눌렀다.

"오늘은 자리가 자리이니만큼 그만 물러나 주겠다. 하지만 다시 한 번 이럴시 용서하지 않을 것이야."

그렇게 말하며 첫째가 연회장 중심으로 움직였다.

룬은 다시 조금 지루한 표정으로 연회장을 바라보았다. 귀족들이라 그런지 다들 때깔이 좋고 인물들이 훤했다.

'한창 좋을 때지. 지금 아니면 언제 저렇게 즐겁게 놀겠나.'

룬 본인도 이십대의 혈기왕성한 몸을 가지고 있으나 정신만은 삼십대 중년인이었다. 그래서인지 이런 연회가 시끄럽고 딱히 즐겁지만은 않았다.

룬이 샴페인을 마시며 연회장을 보고 있는데 누군가 또 다가왔다. 토레논 공작과 그의 친구 리오드로였다.

"자네는 술을 어지간히 좋아하는 모양이군. 간간히 지켜보니 입에서 떼어 놓질 않더군."

"술 자체가 좋은 거 보다 술을 마시면 집중이 잘 돼서요."

"술을 마시면 집중이 잘 된다니. 특이한 친구군. 하긴, 그런 친구가 또 있긴 있었지. 술이 정신을 톡톡 건드리기 때문에 오히려 집중이 잘된다고 하던가…"

말을 하면서 토레논 공작은 다시 서글픈 얼굴이 되었다.

룬은 그 이유를 직감할 수 있었다. 이 얘기는 룬이 잭스 시절 술을 마실 때마다 버릇처럼 하던 말이었다.

"어쨌건 자네는 본인의 말은 지키게 되었군. 덕분에 내 체면은 말이 아니게 되었지만 말이야."

분위기를 전환할 겸 토레논 공작이 화제를 돌렸다.

"죄송하게 됐습니다."

"아니, 죄송할 일은 아니지. 자네 실력이 좋아서 그런 것이니."

"운이 좋았던 거죠."

"운도 실력인거지. 아니, 자네가 이긴 건 운이 아니야. 처음부터 계획된 고도의 전략이 아닌가? 쇄도를 할 때 습관적으로 검을 찌르는 몬테니오의 습성을 잘 파악했어."

남들은 모두 몬테니오의 어이없는 실책, 혹은 룬의 기막힌 운으로 치부한 대결의 결과를 토레논 공작은 다른 시선으로 보고 있었다.

"그렇긴 하죠. 근데 사실 처음부터 계획된 건 아니었습니다. 대결이 시작되고 나서야 제 몸이 생각보다 더한 머저리란 걸 알았거든요. 이전 대결을 통해 그의 습성을 파악해 두지 않았다면 이길 수 없었을 겁니다."

"상대방을 관찰하는 것 또한 검사로써의 자질이지. 자네는 충분히 검사로써 자질이 있어. 빈말이 아니니 기죽지 말게나."

토레논이 룬의 어깨를 토닥거렸다. 그래도 위안이라고 힘이 나는 듯 했다.

"물론 그렇다하더라도 검술도 모르는 자네에게 견습기사라지만 패한 건 그냥 넘어갈 수는 없는 일이야. 오늘이 지나면 혹독하게 훈련을 시켜야겠어."

"예. 더군다나 그는 제가 새치 혀를 조금 놀리니 금세 감정을 드러내더군요. 그건 검술의 고하를 떠나서 검사로써 자세가 되어 있지 않은 겁니다."

별 대수롭지 않게 남을 헐뜯는 룬.

그런 룬을 토레논 공작은 조금 의외라는 얼굴로 보았다.

"자네는 자네 털에 뭐가 묻었는지도 모르면서 남을 욕하는 경향이 있군?"

토레논이 직설적으로 꾸짖었다. 주눅이 들 만하건만 룬은 전혀 개의치 않은 듯 대답했다.

"예. 그런 편이긴 하죠. 꼭 잘나야만 남을 나무랄 수 있는 건 아니니까요. 없는 곳에서는 나라님도 욕한다고 하는데요 뭐. 그들이 나라님보다 잘나서 나라님을 욕을 하겠습니까."

룬이 너무 쉽게 수긍해 버리자 도리어 토레논이 당황했다. 하지만 이내 고개를 끄덕이며 룬의 말에 동의를 표했다. 룬의 말 자체보다는 한 나라의 공작 앞에서도 제 할 말을 당당히 하는 모습이 마음에 들었던 것이다.

그 증거로 토레논은 한참동안이나 룬과 이런저런 이야기를 나누었다. 연회에 와서 한 사람당 5분 이상 대화를 한 적이 없는 토레논이기에 의외인 일이었다.

토레논은 룬과 몇 마디를 더 나누다가 연회장의 중심으로 향했다. 그가 중심으로 향하자 물고기 때에 걸린 먹이처럼 한순간에 군중들에게 휩싸였다.

그 모습을 보며 룬은 묘한 감정에 휩싸였다.

'한 나라의 공작. 그리고 백작의 아들. 전에는 몰랐는데 꽤나 먼 거리였군.'

베르난도 백작의 셋째아들이라는 사실을 수긍해 버렸기 때문일까. 룬은 토레논과의 대면이 친구를 만나는 듯 편안하면서도 알 수 없는 거리감이 느껴졌다. 그리고 군중에 휩싸인 토레논을 보며 이전에는 느끼지 못했던 신분이란 것에 대해 생각하게 되었다.

"그런데 리오도르님께서는 어찌 아직까지 여기 계신 겁니까?"

어찌된 일인지 토레논이 떠났음에도 리오도르는 룬의 옆을 지키고 있었다.

"뭐, 별건 아니고. 혹시 그래플아카데미에 대해 관심이 있나?"

리오도르는 룬이 허영심이 많은 청년이라고 들었다. 그래서 그래플아카데미 말만 꺼내면 혹할 줄 알았다. 명실상부 왕실 최고의 아카데미. 굳이 허영심이 많지 않더라도 룬의 또래라면 누구나 동경할 만한 곳이었다.

한데 룬의 반응은 생각과는 정 반대의 것이었다.

"별로 관심 없는데요."

"정말?"

"예."

당연하다는 듯 고개를 끄덕 이는 룬.

"너 그래플아카데미가 어떤 곳인 줄 알아? 내로라하는 귀족들도 심사를 통해 선별하는 왕국 최고의 아카데미야."

"그런 거랑 관심이 가는 거랑은 별개니까요."

"만약 입할 할 수 있게 된다면 어떻게 할 거냐?"

현재 룬의 실력으로 그래플아카데미에 입학하는 것은 꿈도 꿀 수 없는 일이었다. 그렇기에 관심이 없는 것일 수도 있었다. 못 오를 나무는 쳐다도 보지 말라 하지 않았던가.

"굳이 갈 필요가 있을까요?"

"아니, 지금 네 상황 그런 거 다 떠나서 그냥 네가 온다고만 하면 입학 시켜 준다면 어떻겠냐는 말이야."

"예. 그러니까 별 생각 없다고요."

"끄응. 그래?"

본인이 계획한 대로 상황이 흘러가지 않아서인지 리오도르가 낮게 신음했다.

"너 여자 좋아하지? 그래플아카데미에 가면 이곳에서는 볼 수 없었던 절세미녀들이 바글바글 하단다."

"그러면 뭐해요. 그림에 떡인데."

"그림에 떡이라니. 그렇지 않단다. 네가 그래플아카데미에서 훌륭하게 성장한다면 그녀들도 너를 달리 볼 것이다."

"리오도르님께서는 그녀들이 정말로 절 좋아할 거라 보세요?"

룬이 일부로 리오도르의 눈을 빤히 보며 말했다. 거짓말을 잘 못하는 그는 의미를 알 수 없는 이상한 말로 룬의 질문을 얼버무렸다.

"그러지 말고 제게 하고 싶은 말이 뭐에요? 빙빙 돌리지 말고 얘기하세요."

"크흠."

리오도르가 곤란한 듯 헛기침을 했다. 원래대로라면 룬이 제발 입학시켜 달라고 매달리면 어쩔 수 없이 받아 주는 그림이 되어야 했다. 한데, 뚜껑을 열고보니 상황은 완전히 정반대로 흘러갔다.

"뭐 좋다. 딱 까놓고 얘기하지. 나와 같이 그래플아카데미에 가자."

"그건 방금 전에도 말씀 드렸잖아요. 관심 없다고요."

"진지하게 한 번 생각해 보거라. 그래플아카데미에 입학하는 것만으로 네 인생이 달라질 수도 있어."

"제 인생은 제가 알아서 할게요."

"흠. 알았다. 나중에 오고 싶다고 울며불며 후회하지나 마라."

"죄송해요."

목적을 달성하지 못한 리오도르가 조금 투덜거리며 룬의 곁을 떠났다. 평소 리오도르를 아는 사람이었다면 믿지 못할 모습이었다.


룬은 연회장을 빠져나와 정원에 앉았다. 샴페인을 많이 마셔서 인지 술기운이 가시질 않았다. 전에는 아무리 마셔도 취하지는 않았는데 몸이 바뀌어서인지 금세 취기가 올라왔다.

하지만 마나를 통해 억지로 취기를 몰아내지는 않았다. 그럴 거면 굳이 술을 마실 이유가 없지 않은가.

룬이 한창 달을 보고 있는 데 어디서 인기척 소리가 들려왔다. 그 소리는 점차 가까워졌다.

"와, 여기에 이런 곳이 있었네요?"

마치 산책을 하다 우연히 만난 듯 말하는 낯선 인영.

"정말 신기한 곳이에요. 이렇게 달과 별들이 잘 보이는 곳이 있다니."

하며 은근슬쩍 룬의 옆자리에 앉는 그녀.

뻥 뚫려 있는 하늘. 막힌 곳이 아니면 어디든 잘 안보이랴.

"이 즐거운 연회에 왜 청승맞게 혼자 나와 있어요? 혹시 연회가 마음에 안 들어서 그러세요? 하긴, 정말 볼품없는 연회기는 하죠. 그나마 귀족들이 많이 와서 다행이긴 하네요."

낯선 여인이 연신 떠들거나 말거나 룬은 대답이 없었다. 그녀가 이상한 눈으로 룬을 내려 보자 그제야 룬이 말했다.

"왜요? 저는 나름대로 괜찮던데요."

"이 연회가요?"

"연회가 볼품없는 건 가문에 돈이 없기 때문입니다. 돈이 없는 건 영지가 각박한 탓도 있지만 공납이 다른 곳 보다 적은 이유도 있죠. 볼품없지만 백성들이 좀 더 배불리 먹을 수 있으니 괜찮은 연회인 거죠."

"말은 청산유수군요. 그런데 이 외진 백작가의 사정을 어찌 그리 잘 아세요?"

"이곳에서 살고 있는데 어찌 모르겠습니까? 제 소개를 안했군요. 베르난도 백작가의 셋째아들 룬입니다."

"어머. 그럼 당신이 그…."

"예. 맞습니다. 바로 그 폐룬."

폐룬은 룬의 행실을 비꼬며 이름 앞에 폐를 붙여 만든
별명이다. 룬 앞에서 그런 말을 대놓고 하는 사람은 없지
만 어떻게 주워주워 본인도 알고는 있었다.

"푸흣."

"갑자기 왜 웃으세요?"

"지금 이 상황이 너무 웃겨서요."

그녀는 웃을 뿐 본인 앞에서 대놓고 가문을 무시한 것에
대한 사과는 없었다. 하지만 상대방을 깔보거나 하는 느낌
은 들지 않았다.

"웃음이 많은 레이디군요. 저는 제가 누군지 밝혔는데,
그쪽도 밝히는 게 예의가 아닐까요?"

"익명성이 주는 은근한 편안함이란 게 있잖아요. 그냥
모른 채 있을 수는 없나요?"

"지체 높으신 분인가 보군요. 그런 것에 구애받는 성격
은 아니지만 레이디께서 원하시니 더 이상 묻진 않겠습니
다. 대신 다른 걸 물어보죠. 절 보러 오신 이유가 뭡니까?"

여자는 잠시 당황한 듯 했으나 이내 특유의 발랄한 표정
을 지었다.

"아까도 말했잖아요. 우연히 들른 거라고요."

"그렇군요. 그럼 저한테 볼일은 없으실 테니 이만 일어

나도 아무 문제는 없겠죠?"

여자는 뜸을 들이다 이내 어쩔 수 없다는 듯 입을 열었다.

"후, 사실대로 말하죠. 아까 연회장에서 아버지와 이야기 하는 것을 봤어요. 연회장에 오시면 보통 형식상 사람들과 대화는 하지만 길게 하지는 않거든요. 더군다나 아버지가 그렇게 편한 미소로 대화를 하는 것도 굉장히 오랜만이었어요. 그래서 상대가 누군지 궁금했어요. 저도 마침 바람을 쐬러 나오던 찰나 당신을 보고 따라 온 거예요."

들고 보니 숨길 것도 없는 내용이었다.

"그렇다면 당신의 아버지가 토레논 공작님이시군요. 앞서는 자신의 정체를 밝히지 않는다고 하시더니 본인 입으로 털어놓으셨군요."

"당신 입으로 그런 것에 구애받지 않는다고 하셨잖아요."

"그도 그렇군요."

"이왕 이렇게 된 거 정식으로 제 소개를 하죠. 안녕하세요. 에일리아 폰 토레논이에요. 앞서 말했듯 토레논 공작님의 딸이죠."

"반갑습니다. 베르난도 백작가의 셋째. 룬입니다."

익명성이 주는 편안함이 깨져서 일까. 둘 사이에 잠시 정적이 감돌았다. 정적을 깬 것은 에일리아였다.

"당신은 듣던 것과는 다른 사람 같군요."

에일리아는 이곳에 오면서 베르난도 백작가에 대해 대강 설명을 들었다. 그 중에 특히 셋째아들은 성정이 좋지 못하고 여색을 밝히니 조심하라는 언질을 받은 상태였다.

"무슨 말을 들으셨을지 짐작이 가는군요. 하지만 불과 몇 분 본 것으로 저를 판단할 수 있으시겠습니까?"

"저는 나름대로 사람 보는 눈이 있다고 자부하는 편이에요. 당신의 눈은 그런 쪽과는 거리가 먼 사람이에요."

"이래도 말입니까?"

룬이 게슴츠레하게 눈을 떴다. 상대방을 곤란하게 만들려는 행동이었지만 에일리아는 오히려 웃음을 터트렸다.

"당신은 재밌는 사람이군요. 아버지가 왜 당신과 그토록 유쾌하게 대화를 했는지 알거 같아요."

"인간은 자신에게 없는 걸 동경하기 마련이죠. 공작님은 제게서 아마 본인에게는 없는 자유를 보셨을 겁니다."

'전에 나를 봤을 때처럼.'

굳이 그 말은 입 밖으로 꺼내지 않았다.

"그런가요? 하지만 전 꽤나 자유롭고 행복한데도 당신과의 대화가 유쾌한데 그건 어떻게 설명하실 건가요?"

"아마 보기와 다르게 하기 싫은 일에 강요받고, 무언가에 억압받으며 살아가고 계실지도 모를 일이죠."

"그렇지 않아요. 당신이 그냥 말을 재미있게 하는 거예요."

"재미있게 하는 게 아니라 편하게 하는 거죠. 누구든 레이디 앞에서 주눅이 들거나 불편하게 대했을 테니 그와는 다른 제가 재밌는 거겠죠. 레이디도 그걸 알기에 처음에 자신의 정체를 밝히지 않은 것 아닙니까."

에일리아가 의외라는 듯 룬을 보았다.

"당신은 재미있을 뿐만 아니라 통찰력도 있군요."

"계속된 칭찬에 몸 둘 바를 모르겠지만 딱히 틀린 말도 아니니 사양 않고 받아들이겠습니다."

호호. 에일리아가 다시 웃었다. 오랜만에 지어보는 허심탄회한 웃음이었다.

술 기운 때문인지 에일리아는 낯선 남자 앞에서 체면도 불구하고 마음을 터놓고 대화를 나누었다. 별로 쓸모없는 농담이 대화의 대부분을 차지했지만 그 자체로 즐거웠다.

룬과의 대화가 너무 즐거워서 인지 에일리아는 누군가 다가오고 있다는 것을 눈치 채지 못했다. 만약 그녀가 인기척에 조금이라도 귀를 기울였다면 낯선 남자 앞에서 웃고 있는 모습을 그에게 보여주지는 않았을 것이다.

"이곳에 계셨군요, 에일리아님."

낯선 인영은 룬과 비슷한 이십대 초반의 남자였다. 다른 것 필요 없이 외모만으로 여자를 홀릴 법한 굉장한 미남자였다. 그가 걸치고 있는 황금색옷과 한데 어울려 굉장히 고급스러운 분위기가 풍겼다.

"아, 데이미안님."

방금까지 아무런 근심걱정도 모르는 철부지 소녀 같던 그녀의 얼굴이 순식간에 굳어졌다.

"어찌 데이미안님이 이곳에…."

"그건 제가 묻고 싶군요. 에일리아님께서야 말로 왜 이런 곳에 계신 겁니까?"

"바람을 쐬러 나왔다가 별이 잘 보이기에 앉아 있던 거예요."

이번에는 다른 의미로 거짓말을 했다.

"별 구경은 다 하신 겁니까? 다하셨다면 이만 안으로 들어가시지요."

"아, 예."

에일리아는 어영부영 고개를 끄덕이며 그의 곁으로 갔다. 에일리아가 곁에 온 것을 확인한 남자는 룬을 내려다볼 뿐 아무런 말도 하지 않았다. 마치 룬에게 어서 이 상황을 설명해 보라는 듯.

날 때부터 그렇게 태어났기에 모든 걸 자신의 아래로 보는 오만함이 느껴졌다. 하지만 너무도 자연스럽기에 위화감 따위는 들지 않았다.

룬은 남자의 눈빛을 응시하지도 그렇다고 별다른 말을 하지 않았다. 에일리아와의 대화가 유쾌했던 건 사실이지만 그렇다고 변명을 해야 할 이유는 없었다.

데이미안은 이제껏 자신 앞에서 이토록 담담한 자를 본 적이 없었다.

"무례하군."

그제야 룬이 사내를 보았다.

"뭐가 말이오?"

"너의 그 태도가 말이다."

"처음 본 사이에 함부로 말하는 당신이 더 무례하다고는 생각지 않소?"

"아니, 무례한건 너다."

"같은 말만 되새기는구려. 어디 내가 무례하다고 생각하는 이유나 들어봅시다."

데이미안은 대답을 하지 않았다. 그래서인지 분위기는 더없이 무거워졌다. 고요했으나 당장 사단이 나도 이상하지 않을 것 같았다.

더 이상 두고 볼 수 없던지 에일리아가 끼어들었다.

"이분은 데이미안님이세요."

"데이미안?"

퍼뜩 떠오르는 인물은 없었다. 방금도 에일리아가 그를 부르는 것을 들었다. 그럼에도 떠오르는 인물이 없던 건 그를 알지 못했기 때문이다.

하지만 에일리아는 마치 데이미안의 이름을 당연히 알아야 되는 것처럼 말했다. 그래서 룬은 좀 더 곰곰이 그가 누구인지 생각했다. 한참을 생각한 룬은 가까스로 그가 누군지 떠올릴 수 있었다.

정확히 그것은 잭스가 아닌, 룬의 기억이었다.

"아, 일왕자님이셨군요."

일왕자. 데이미안 주니어 3세. 이름에서 알 수 있듯이 다음 왕좌의 자리를 물려받을 자다.

사실 조금만 생각해 봐도 알 수 있는 일이다. 왕국 최고의 권력가인 토레논 공작의 여식이 이렇게 어려워할 인물이라면 왕족밖에 없지 않은가.

상대가 왕족임을 알았음에도 룬은 전혀 당황하는 기색이 없었다.

오히려 마치 처음부터 알고 있었던 마냥 한껏 예를 갖추었다.

"인사드립니다. 베르난도 백작가의 셋째 룬 드 베르난도입니다."

뻣뻣하던 룬의 허리가 금세 숙여졌다. 누구인지 몰랐을 때는 당당하게 굴더니 왕족이란 걸 알자마자 고개를 숙인다. 충분히 비굴해 보일만한 상황이나 전혀 그런 느낌은 없었다.

룬의 태도가 워낙 당당하고 자연스러웠기 때문이다. 비굴함과, 예를 갖춘다는 것은 엄연히 다른 것이다. 룬은 그저 왕국 백성의 일환으로서 왕족에게 예를 갖춘 것뿐이다.

"설마 일왕자님이실 줄은 몰랐군요. 본의 아니게 실례를 범했습니다. 진작 말씀을 해주셨다면 굳이 필요 없는 심력 소모를 하지 않았어도 될 텐데 말입니다."

데이미안은 현재 상황이 마음에 들지 않았다. 엎드려 절 받는 격이랄까. 마치 자신이 왕족임을 알아 달라 투정이라도 부린 것 같지 않은가.

그런 면에서 에일리아의 처신이 마음에 들지 않았다. 그녀만 가만히 있었어도 이런 찜찜한 상황은 만들어지지 않았을 것이다.

"아닌 척 하면서도 기회주의적인 자로군."

데이미안은 내심 룬이 뭐라고 대꾸라도 해주길 바랐지만 아무런 대답도 들려오지 않았다.

"왕족의 이름을 한참 후에야 떠올린 것은, 이 나라의 백성으로써 그자체로 중죄다."

"설마 일왕자님께서 제 눈앞에 있으리라고는 미처 생각지 못했습니다. 자신의 집 정원 앞에서 왕족을 만날 것이라 예상할 수 있는 사람이 얼마나 되겠습니까."

"아직도 무엇을 잘못했는지 모르는군."

"제가 잘 못한 게 있다면 오직 왕족을 한 번에 알아보지 못한 것입니다."

데이미안은 왕족이라는 단어가 묘하게 거슬렸다.

"나는 네가 왕족을 알아보지 못한 것에 대해서 추궁할 생각이 없다. 나는 지금 너의 태도에 대해 말하려는 것이다."

"제 태도가 불쾌하셨다니 송구스럽군요."

"아니, 송구할 필요 없다. 서로 모르고 벌어진 일이니 이에 대해 짚고 넘어 가고 싶지는 않다. 하지만 그런 것을 떠나 나는 너에게 모욕감을 느꼈고 한 나라의 왕자이기 이전에 기사로써 그냥 넘어 갈 수 없다. 나 기사 데이미안은 베르난도 백작가의 룬에게 결투를 신청하는 바이다."

데이미안이 당장이라도 검을 뽑을 듯 기세를 피어올렸다. 하지만 룬은 여전히 침착함을 잃지 않은 채, 그의 기세를 전혀 느끼지 못한 듯 덤덤하게 대답했다.

"가당치도 않습니다. 왕족과 결투라니요. 그건 제가 소드마스터라도 아니 될 말이지요."

데이미안은 룬의 반응이 계속 신경에 거슬렸다. 예를 갖추는 것 같으면서도 계속 왕족을 운운하고 있지 않은가. 마치 왕족의 껍데기가 아니면 아무것도 아니라는 것 마냥.

"이분의 말이 맞아요 데이미안님. 그리고 이분은 지금 충분히 예를 갖추고 있어요. 평소답지 않게 왜 이렇게 감정대로 일을 벌이려 하세요."

데이미안은 에일리아의 반응이 마음에 들지 않던지 인상을 찡그렸다.

"데이미안님은 평소 이해심이 많은 사내였어요. 누구든 용서하고 받아들일 수 있으신 분이셨죠. 그건 데이미안님이 사람을 끌어안을 수 있는 포용력이 있었기 때문이에요. 그런데 어째서 이분한테만은 그렇게 과민반응하시는 지 모르겠어요."

사실 평소의 데이미안이라면 이 정도의 일은 대수롭지 않게 넘어갔을 것이다. 기분이 조금 나쁘겠지만 그저 상대방의 무지를 한껏 비웃는 선에서 끝날 일이었다.

한데, 지금은 무엇 때문에 이렇게 감정의 동요가 생긴 것일까.

수도에서 수십키로나 떨어진 곳으로 달려오느라 지쳤기 때문에? 기껏 온 곳이 귀족가문이라 부르기도 민망할 정도로 허름한 곳이기 때문에? 그도 아니면 대체 무엇대문이란 말인가.

"이곳에 절 보러 오신 거 아닌가요? 그러니까 우리끼리 오붓한 시간을 보내도록 해요. 자, 이만 가세요."

그녀를 안 일 년여의 시간동안 이렇게 적극적인 모습은 본적이 없었다. 그래서 일까? 절대 물러설 리 없을 것 같던 데이미안이 순순히 에일리아의 말에 따랐다.

하지만 그의 얼굴에 어두운 그림자가 떠오른 것을 보아 기분이 썩 유쾌한 것만은 아닌 듯 싶었다. 오히려 그는 지금 알 수 없는 기분에 사로잡혔다. 왜 일 년여 동안이나 보지 못한 에일리아의 적극적인 모습을 ,하필 오늘, 그것도 낯선 남자 앞에서 보인 것일까.

에일리아는 시야에서 완전히 사라지기 전에 슬쩍 고개를 돌려 룬을 보았다. 미안하다는 무언의 눈빛을 보내기 위함이었으나 룬은 먼 달만 보고 있을 뿐 시선조차 주고 있지 않았다. 룬의 저 무심한 눈 뒤에 무슨 생각을 하고 있는지 갈피를 잡을 수 없었다.


연회가 끝이 났음에도 본가로 귀가한 귀족들은 별로 많지 않았다. 물론 그들은 이 누추한 백작가를 빨리 벗어서 나고 싶었지만 토레논과, 브뇽 후작이 떠나지 않고 있어 남는 쪽을 택한 것이다.

그리하여 베르난도 백작가의 아침식사시간에는 웬일로 사람들이 붐볐다.

베르난도 백작가의 아침은 귀족들을 만족시키기에는 턱없이 부족했다. 하지만 일반 영지민들의 시선으로 본다면 믿을 수 없을 정도로 풍족한 식단이었다.

오늘 아침식단과 어제 연회를 베풀기 위해 쓴 돈은 온 영지민들의 하루치 식비와 비슷했다. 수만 명이 풍족하게 먹을 수 있는 식비로 고작 몇몇의 배를 불리는 이 상황에 의문을 가질 만 했다.

하지만 누구도 그러한 생각은 하지 않았다. 그들이 너무 이기적인 것만은 아니었다. 그저 원래부터 그러했기에 너무도 당연하여 의문을 갖지 않은 것뿐.

"어제 데이미안님께서 오셨을 줄은 꿈에도 생각지 못했습니다."

십여 명이 앉을 수 있을 식탁. 그곳에 귀족들이 나란히 앉아 있었다. 그 중 말을 한 사람은 브농 후작이었다. 이 대회를 주관한 인물이기도 했다.

"경기에 지장을 주고 싶지 않다며 이목이 끌지 않는 곳에서 경기를 관람하셨습니다. 연회에도 잠깐 얼굴만 비취시고는 그날 저녁 떠나셨습니다."

토레논 공작이 대답했다.

"이런 인사를 드렸어야 했는데."

"그럴 거면 굳이 몰래 왔다갈 이유가 없지 않습니까."

"후후. 몰래 오셨다면서 토레논 공작님을 보고 간걸 보면 다른 생각이 있는 모양이십니다."

브농 후작이 너스레를 떨었다. 그러자 주변 귀족들이 제법 크지만 품위를 잃지 않는 채 웃었다.

"다른 생각이 있기는요…."

"아니긴요. 이미 데이미안님과 에일리아님의 혼사가 오

고가고 있음을 알 사람들은 다 알고 있습니다."

브농 후작의 말을 듣자 룬은 어제 그 차가웠던 데이미안
의 얼굴이 떠올랐다. 그 차가운 얼굴이 단순히 그의 성격
때문만은 아닌 듯 싶었다.

"흐음. 그 이야기는 뒤로하고 대회에 관하여 이야기를
나눕시다."

토레논이 데이미안과 에일리아와의 혼사가 더 이상 회
자 되는 것이 싫었던지 화제를 돌렸다.

하지만 말을 먼저 꺼내는 귀족들은 아무도 없었다.

"아무도 없군요. 그럼 제가 한 마디 하죠. 저는 사실 이
번 대회에 큰 실망을 했습니다."

그 말에 두어란이 기다렸다는 듯 대답했다.

"예. 저도 사실 이곳에 오기 전에 베르난도 백작가의 사
정이 좋지 못하다는 얘기는 듣긴 했습니다. 하지만 아무리
그렇다 하더라도 이건 좀 너무한 감이 있습니다. 그래도
일국의 공작전하와 후작각하께서 오시는 자리인데 너무
성의가 없었습니다. 베르난도 백작께서는 이에 대해 설명
을 해주셔야 할 것 같습니다."

두어란은 베르난도 백작이 억지로 기사대회를 떠맡는다,
고집부릴 때부터 생각해 두었던 레파토리를 꺼내 들었다.

두어란의 발언에 동의 하는지 작게 고개를 끄덕이는 귀
족들이 대거 보였다.

"흐음."

갑자기 상황이 좋지 않게 흘러가자 베르난도 백작이 낮게 신음했다.

잠시 뜸을 들인 베르난도 백작은 생각을 정리했는지 낮은 목소리로 말문을 열었다.

"현재 재정상태가 좋지 못했기에 그러한 것이지 결코 소홀한 마음으로 준비를 한 것은 아닙니다."

"재정상태가 좋지 못했다면 애초에 개최의 권한을 다른 분께 양도하거나, 그도 아니면 다른 어떤 방법이든 써서라도 제대로 했어야지요."

"어떤 방법이라 하면 세금을 늘리는 수밖에 없습니다. 하지만 하루 동안 벌어지는 대회 때문에 백성들이 몇날 며칠을 피땀흘려가며 번 돈을 착취할 수는 없습니다."

"이분들을 대접하는 것보다 고작 영주민 따위가 더 중요하다는 말이오?"

"그런 것은 아니오. 다만 기사대회는 어디까지나 새내기검사들을 위한 자리이고 그러한 만큼 형편에 맞게 하는 게 맞다 생각했소."

"뭣이오?"

"그건 베르난도 백작의 말이 맞소."

두어란이 재차 쏘아붙이려 할 때 토레논이 이를 저지했다.

"설령 대회가 이보다 더 못하다 한들 백작을 탓할 수는 없는 일이오. 대회는 어디까지나 주최가문의 고유권한이지 않소. 더욱이 난 이번 대회의 주최 자체는 굉장히 만족하고 있소. 내가 실망한 것은 경기의 내용이었소."

두어란은 본인의 생각과 전혀 다르게 상황이 흘러감에도 마치 원래부터 토레논 공작의 말에 동의했다는 듯 더 이상 나서지 않았다. 그는 잔꾀가 많은 만큼 눈치가 빨랐다. 제 성에 못 이겨 일을 그르칠 성격은 아니었다.

다른 귀족들의 반응도 별반 다르지 않았다. 사실 그들은 대회 자체에 불만은 없었다. 시중들은 나름대로 친절했고 절차는 체계적이었으며 불편한 사항도 금세 처리해 주었다. 다만 시설이 볼품없어 격이 떨어진 다고는 생각하고 있을 뿐이었다.

"이 대회는 아카데미에 입학할 새내기들의 실력을 점검하고 인재를 양성하는 데 있소. 주축이 되는 건 새내기들이어야 하고 사실 대결이라고는 하지만 기사들이 새내기들을 지도 편달해 줘야 하는 분위기가 조성되어야 하오. 한데 어제 경기를 보시오. 오히려 기사들이 제 기량을 뽐내고 싶어 안달이라도 난 것처럼 대결에 임하지 않았소?"

"그들도 이렇게 성쇠하게 대결이 이뤄진 것은 처음이고 또 많은 분들이 와계시니 마음이 흔들렸겠지요. 하지만 분명 토레논 공작님의 말씀에 일리가 있으십니다. 이번 대회

를 주관한 입장으로써 반성하고 다음 번에는 결코 이런 일
이 없도록 하겠습니다."

"흠. 브농 후작님에게 뭐라 한 것은 아니오. 하지만 후
작님께서 그렇게 말해주신다니 다음 번에는 내 기대를 해
보겠소."

"이를 말입니까."

대회에 대한 짤막한 정담이 오고간 후. 분위기는 다시
화기애애해졌다. 처음에는 새내기들에 관한 이야기를 하
다, 자연스레 자식들 자랑이야기로 넘어갔다. 자식놈이 이
번에 어디에 들어갔냐 느니, 좋은 성적으로 아카데미에서
졸업을 했냐느니 등에 관한 것이었다.

아카데미이야기가 나오자 토레논이 문득 생각 난 듯 베
르난도 백작에게 말했다.

"축하드리오 백작. 이번에 셋째 아드님께서 그래플아카
데미에 입학하게 되었다는 소리는 들었소."

"예? 그게 무슨 말씀이신지."

"오, 이런. 아직 말씀을 못 들으셨나봅니다."

그래플아카데미. 누구나 자랑스러워하는 곳이었다. 그
렇기 에 토레논 공작은 룬이 그 기쁜 소식을 하루빨리 백
작에게 전했으리라 생각했다.

베르난도 백작은 설명을 해보라는 듯 룬에게 시선을 돌
렸다.

"사실 어제 리오도르님을 만났습니다. 제자로 들어오라는 말씀을 하셨죠."

"그게 정말이냐?"

란드만이 거의 반사적으로 반응했다. 그래플이 어떤 곳인가. 왕국 최고의 아카데미 아닌가. 그런 곳을 정식입학도 아닌 수석교관의 제자로 들어간다니. 믿을 수 없는 일이었다.

"예."

룬이 대답하자 란드만의 얼굴에 경악이 가득 찼다. 경악에 물드는 한편 알 수 없는 기분에 휩싸였는지 뒤숭숭한 얼굴이 되었다.

"그런 이야기를 왜 이제야 하는 것이냐?"

베르난도 백작이 질책하듯 말했다.

"어제는 연회 때문에 바쁘기도 하였고, 갈 마음도 없어 천천히 말씀드리려 했습니다."

"가지 않겠다니?"

"말 그대로입니다. 전 아카데미에 가지 않을 겁니다."

"자네 그래플아카데미가 어떤 곳인지 알고 그런 소리를 하는 겐가?"

답답했던지 토레논이 끼어들었다.

"물론입니다."

"그럼 그래플아카데미에 입학한다는 것이 어떤 뜻인지도 알겠군. 그런데도 포기하겠다는 말인가?"

"예."

너무나 당연하다는 듯 대답하는 룬.

그를 보며 비단 토레논뿐만 아니라 이곳의 모인 귀족들은 답답함을 감추지 못했다. 누구는 제발 입학만이라도 했으면 하고 바라는 곳을, 그것도 수석교관의 제자로 들어간다고 하는데 한사코 마다하다니. 이게 어디 정신이 제대로 박힌 놈의 사고란 말인가.

하긴, 들리는 소문이 워낙 괴상하니 그럴 수도 있겠다는 생각이 들긴 한다.

이해가 가지 않는 건 그런 룬을 제자로 받아들이려 하는 리오도르의 의중이었다. 물론 어제 룬이 불새기사단의 견습기사 몬테니오를 꺾은 것은 사실이다.

하지만 이는 명백히 운에 의한 것이 아닌가. 룬의 검술 그 자체는 형편없다 못해 평가를 할 정도도 되지 못했다.

"나로서는 도통 이해를 할 수 없는 일이군. 괜찮다면 그 이유를 물어봐도 되겠나? 사실 리오도르에게 자네에 대해 언질을 한 것이 바로 나였네. 그러니 그 정도 대답은 들을 권리가 있다고 생각하네."

"이유가 너무 사소한 거라 말하기 민망하지만 절 위해

힘써 주신 점을 생각해 솔직하게 대답하겠습니다. 사실 저는 규칙적인 생활을 잘 못합니다. 아카데미에 들어가면 정해진 시간에 일어나서 정해진 시간이 공부하고 또 수업이 모두 끝난 후에도 기숙사 생활을 해야 하는데 전 그게 싫습니다."

룬이 이유를 말하자 듣고 있던 좌중들은 이젠 아예 울화통이 터지려 할 지경이었다. 아무리 고위권력도 제 싫으면 그만이라지만 고작 그런 이유 때문에 그래플아카데미를 포기하다니.

"세상을 살며 제 하고싶은 대로만 하고 살수는 없네. 또 그래플아카데미라면 자네의 그 불편함을 감수할 만큼 충분히 가치 있는 곳이네."

"가치는 사람마다 다른 거니까요."

"허허, 자네가 만약 내 자식이었다면 성 밖에 매달아 두더라도 생각을 고쳐먹게 했을 걸세."

그 말을 끝으로 토레논은 입을 다물었다. 룬의 태도에 기분이 상한 건지 그 후로도 몇 마디 말이 없었다.


연회까지 완전히 끝나고 모였던 귀족들은 원래의 곳으로 돌아갔다. 그런데 어찌 된 일인지 귀가한 줄 알았던 리오도르가 베르난도 백작을 찾아왔다.

"그러니까 룬이 그래플아카데미에 입학할 수 있도록 설

득을 해달란 말씀이십니까?"

"예."

"죄송한 말씀이지만 저는 그래플아카데미가 어떠한 곳이든 그 아이가 원하지 않으면 보내지 않을 생각입니다."

리오도르는 그 고집스런 룬의 모습이 지 아비를 닮아서 그런 모양이구나 하고 속으로 생각했다.

"자식을 바라봐 주는 것은 부모의 덕목이죠. 허나 더 나은 길을 갈 수 있도록 길을 닦아 주는 것 또한 부모의 역할입니다."

"대체 그 아이에게서 무엇을 보았기에 대 그래플아카데미 검술교관님께서 저에게까지 찾아와 설득을 하는 겁니까?"

"가르쳐 보고 싶은 욕구가 생겼습니다. 그 아이의 자질이나 성품 인내심 그러한 것들을 다 떠나서 말이죠. 남자가 여자를 좋아하듯 검술교관으로써 가르쳐 보고 싶은 제자가 생기는 건 뭐라 딱 꼬집어 말할 수가 없는 일입니다."

생각할 시간을 주려는 듯 리오도르가 넌지시 한발 뒤로 물러났다.

"알겠소. 내 한 번 설득은 해보리다. 하지만 그 아이가 가지 않겠다고 한다면 억지로 보내지는 않을 것이오."

리오도르는 그 정도로 만족하는 지 고개를 끄덕였다.

그때 두 명의 대화를 유심히 듣고 있던 르넨이 불쑥 끼어들었다.

"실례가 되지 않는다면 제가 룬님을 설득해도 될까요?"

르넨이 리오도르와 베르난도 백작을 번갈아 가며 보았다. 리오도르는 꽉 막힌 베르난도보다는 그가 훨씬 유려해 보였기에 고개를 끄덕였다.

"자네가 말인가?"

"예. 제가 한 번 해보겠습니다. 마침 좋은 생각이 떠올랐습니다. 룬님이 아카데미에 가지 않는 건 귀찮음 때문이라 했으니 더 귀찮은 일을 만들면 자연스레 아카데미에 보낼 수 있을 겁니다."

상황이 좋게 흘러가는 듯 보이자 리오도르가 르넨을 거들었다.

"백작님이 직접 나서지 않은 것까지야 누구든 뭐라 할 수 없는 것이나 구태여 자기자식에게 좋은 일이 되는 걸 막을 필요까지는 없지 않겠습니까. 이분의 말대로 하시는 게 어떨지요."

"흐음. 알겠습니다. 저는 이번 일에서 빠질 테니 두 분이서 알아서 하십시오."

리오도르는 베르난도 백작을 보며 자신의 자식에 관한 일인데 어찌 이리 무관심할 수 있는지 의아함을 감추지 못했다.

룬은 정원에 나와 달을 올려다보고 있었다. 그 옆에는

오르온이 조금 추운지 발을 동동거리며 서 있었다.

"이만 들어가십시오. 밤 공기가 아직은 찹니다."

"조금만 더 있다가."

"그럼 따뜻하게 옷이라도 걸치십시오."

그녀가 손에 들려 있던 겉옷을 룬에게 덮어 주었다.

"나보다는 네가 더 추워 보이는데?"

룬은 옷을 다시 벗어 그녀에게 입혀 주었다. 오르온이 호들갑을 떨며 옷을 벗으려고 하자 룬이 으름장을 놓았다. 결국 그녀는 룬의 성화를 못 이기고 룬의 옷을 입었다.

"난 싸늘한 게 좋아. 정신이 맑아지거든."

룬은 여전히 달을 바라보고 있었다. 그러다 넌지시 오르온에게 물었다.

"만약에 말이야, 철천지원수가 있는데 지금의 힘으로는 도저히 어찌해볼 도리가 없는 상황이야. 그럼 너는 어떻게 할 거야?"

조금 뜬금없는 질문이나 늘 그렇듯 오르온은 깊게 생각한 뒤에 대답을 했다.

"아예 뛰어넘을 수 없다면 포기할 것이고, 뛰어넘을 수 있다면 힘이 생길 때까지 기다릴 겁니다."

"그럼 후자의 경우 힘이 생길 때까지 이를 갈면서 하루하루를 보내야 하는 걸까?"

"복수가 인생의 전부가 된다면 너무 서글플 것 같군요.

복수가 끝으로 인생이 무의미 해진다면 차라리 포기하는 것만 못하지 않을까요."

"역시 그렇지? 그러니까 복수는 힘이 생기고 나서 생각해도 되는 거잖아."

오르온은 대답이 없었다. 하지만 룬은 그녀가 자신의 말에 동조했다고 생각했다.

"이만 들어가자."

룬은 오르온을 이끌고 저택 안으로 들어갔다. 거처로 돌아오면서 복도를 지나고 있는 르넨을 마주치게 되었다.

르넨은 조금 얇은 옷을 입고 있는 룬과, 반대로 두꺼운 옷을 입고 있는 오르온을 번갈아 보면서 쳐다보았다.

오르온은 화들짝 놀라며 급히 겉옷을 벗었다.

"저는 별로 춥지 않기에 이 아이에게 입으라고 한 겁니다."

"옷이야 더 추운 사람이 입는 게 맞는 거겠죠."

의외로 르넨은 별다른 말을 하지 않았다.

룬이 오르온에게 눈짓을 보내자 그녀는 르넨에게 인사를 한 뒤 빠르게 복도를 벗어났다.

"집사님께서 별채에는 어쩐 일이십니까?"

"지나가는 길에 들렀습니다."

별채는 동선상 일부러 찾아오지 않으면 지나칠 일이 없었다. 그것을 증명하듯 잠시 뜸을 들인 르넨이 지나가듯 본래 용건을 꺼냈다.

"그래플아카데미에 들어갈 기회가 있었다고 들었습니다."

"그랬었죠."

"하지만 입학하지 않으신다고요?"

룬이 고개를 끄덕였다.

"저라면 차라리 아카데미에 입학할 겁니다. 그게 군에 가는 것보다는 훨씬 나을 테니까요."

"예? 그게 무슨 말씀이신가요? 군에는 첫째형이 가기로 되어 있지 않았습니까?"

귀족가문에서 한 세대에 한명씩은 삼년간 군에 녹을 먹어야 하는 법도가 있었다. 하지만 군에는 기사지망생인 란드만이 가기로 되어 있었다. 군에 가는 건 기사로써 상당한 메리트가 있기에 란드만도 흔쾌히 승낙한 일이었다.

"상황이 바뀌었습니다. 룬님께서는 군에 가시든 아카데미에 입학하시든 선택을 해야 할 입장에 놓이셨습니다."

룬은 현재 정황이 어떻게 돌아가는 지 생각했다. 그리고 그것을 유추하는 건 어렵지 않았다.

"설마 아버지의 생각은 아니겠지요? 그분은 제가 아카데미에 가든 말든 크게 상관을 하지 않을 텐데요. 설마 자식이 못났을 때는 내버려두다 덕을 보게 생겼으니 이제와 아버지 노릇을 하려는 건 아니겠지요?"

"셋째도련님께서는 백작님을 오해하고 계시군요. 그분은

표현은 하지 않지만 도련님을 많이 생각하고 있습니다."

"그런 분이 자식이 폐룬이라는 소리까지 들으며 귀족으로써의 품위를 떨어뜨리고 다니는 데도 보고만 있었단 말입니까?"

"백작님에게 서운 것이 많은 모양이시군요."

"트린베니아에서는 자식을 그렇게 키운다고 들었습니다. 그러니 서운한건 아닙니다."

그 말에 르넨이 흠칫 거렸다.

"알고 계셨습니까?"

"그냥 추측을 했을 뿐인데 집사님의 반응을 보니 맞는 모양이군요."

르넨이 다시금 예의주시한 눈으로 룬을 보았다.

"룬님을 보니 백작님의 자식관이 옳았다는 생각이 드는군요."

"……."

"허나, 룬님이 현재 처한 상황은 변하지 않습니다. 군에 가시든 그래플아카데미에 입학을 하시든 둘 중 하나는 선택하셔야 합니다."

마지막 통보를 끝으로 르넨은 장내를 벗어났다.


갑자기 날벼락을 맞은 룬은 거처로 돌아와 긴 한숨을 쉬었다.

"젠장할. 나보고 군에 가라고? 차라리 다시 죽으라고 하지."

르넨의 말은 사실 협박이었으나 그것을 알 리 없는 룬은 군에 가게 된 자신의 처지를 비관했다.

"하. 아카데미에 가면 검술교관의 제자가 되는 건데. 그럼 하기 싫은 검술수련을 해야 하고 그 덕에 마법은 손을 놔야 하잖아."

하지만 군에 간다 해도 그건 마찬가지였다. 오히려 아카데미에 가는 것보다 조건이 좋지 못할 것은 너무도 자명했다.

"세상에 아무리 지 좋은 일만하고 살순 없다지만 역시 하기 싫은 걸 해야하는 건 짜증나는 일이야."

거의 체념하듯 중얼거리는 룬.

군에 가야할 메리트가 전혀 없는 룬에게 둘 중하나를 선택하라 한다면 당연히 아카데미일 수밖에 없었다.

"망할. 깽판치고 확 퇴학이나 당해 버릴까보다."

룬은 씩씩거리며 잠에 들었다.

다음날, 룬은 깨어나자마자 베르난도 백작을 찾아갔다. 하지만 그는 이번 일에 관해서는 르넨에게 모든 걸 위임했으니 그와 얘기하라는 말만 할 뿐이었다. 룬이 다시 르넨을 찾아갔지만 다시 한 번 그의 확고한 의지만 확인하고 와야겠다.

'그래. 란드만을 찾아가 설득하는 게 좋겠군.'

최후의 보루로 룬은 란드만을 찾아갔다.

"형님은 기사지망생이니 군에 가는 것이 큰 이점이 되지 않습니까. 그 때문에 형님이 가기로 되어 있었던 거고요. 한데 그 기회를 왜 날려 버리려 하십니까."

"멍청한 동생이 사람구실을 할 기회가 생겼는데 형으로써 그 정도는 양보해 줘야겠지."

"형님은 절 못미더워 하시지 않으셨습니까?"

"못미더운 것과 동생의 앞길을 막는 것은 별개의 일이지. 군에 가든 아카데미에 가든 잘 다녀 오거라. 네 행동 하나하나가 우리 가문에 누가 될 수 있음을 명심하고 행실을 똑바로 하거라."

너무도 예상외의 대답이라 룬은 어떤 말을 해야 할지 떠오르지가 않았다.

결국 모든 걸 체념한 룬은 거처로 돌아와 아카데미에 입학을 해야 하다는 사실을 받아들였다.

그리하여 그래플아카데미 입학 3일전, 룬은 수도인 바르텐으로 향하게 되었다.

바르텐에 가기 전 가족들과 간단하게 송별회를 벌였다. 르넨은 뭐가 좋은지 싱글벙글한 얼굴을 하고 있었다.

백작은 특유의 무뚝뚝한 얼굴을 유지한 채 별다른 말없이 그저 잘 다녀오라는 인사정도로 이별을 맞이했다.

호드만은 룬이 그래플에 들어간다 하자 갑자기 룬을 대

하는 태도가 달라졌다. 눈에 가시같이 보던 룬에게 갖은 아양을 부리며 마치 형처럼 대하던 것이었다.

자존심이 강한 란드만은 티는 내지 않았지만 가슴 한켠이 많이 착잡한 듯 별다른 말을 하지는 않았다.

오르온은 잘됐다며 매우 기뻐했지만 눈동자에 눈물이 그렁그렁한 것이 많이 서운한 모양이었다.

아무튼 이리하여 룬은 백작가를 떠나 아카데미의 생활을 하게 되었다.

에일리아는 베르난도 백작가에 다녀온 후로 기분이 뒤숭숭했다. 책을 봐도 뭘 읽는지 모르겠고 춤을 춰도 신이 나지 않았다. 음식을 먹어도 맛이 없었고 수다를 떠는 것도 즐겁지 않았다. 전체적으로 축 쳐져 기운이 없었다.

그러던 찰나 토레논 공작이 루텐영지에 다시 가게 된다는 소리를 들었다. 정확하게는 미스릴광산 사업과 관련하여 베르난도 백작가에 다시 들른 다는 것이다. 그 말을 듣는 순간 이상하게도 무기력했던 것이 싹 가셨다.

"아버지. 저도 루텐영지에 갈래요."

"네가 거길 뭐 하러?"

"전에 가보니 경치가 굉장히 좋더라고요."

"경치가?"

토레논은 루텐영지에서의 여정을 떠올렸다. 이동할 때는 마차를 이용했고 도착해서는 백작가 안에서만 있었기에 주위의 풍경이 어떤지는 알 수 없었다. 한데 그건 에일리아도 마찬가지 아니었던가.

"놀러가는 것이 아니니 그냥 집에서 편하게 쉬어라."

"안 돼요. 꼭 가야 돼요."

"그곳의 경치가 어떤지는 모르겠지만 요르튼보다 좋을 수는 없을 거다. 조만간 그곳에 들릴 테니 그때 같이 가자꾸나."

"저는 꼭 루텐영지에 갈 거란 말이에요."

"그렇게 정 가고 싶으면 혼자 가면 되지 않느냐. 메르튼과 헤르매가 호위를 하면 아무 문제없을 거다."

"그건 안 돼요."

"뭣 때문에 안 된다는 거냐?"

"그건…."

에일리아는 말을 잇지 못했다. 토레논 공작의 말대로 무엇 때문에 혼자가면 안 되는 것일까. 지리상 제약은 아무런 문제도 되지 않는데….

하지만 혼자가면 백작가에 들릴 구실이 없고 또 그렇게 되면 그때 정원에서 그 사내를 볼 수 없고…

'어머, 내가 지금 무슨 생각을.'

에일리아는 황급히 고개를 내저었다. 그리고는 화난 듯 뾰루퉁한 목소리로 공작에게 말했다.

"저는 아버지랑 가고 싶단 말이에요. 경치도 경치지만 아버지가 하는 일을 옆에서 보고 싶어요. 그 뿐이에요. 정말 그 뿐이라고요. 그러니 꼭 같이 가셔야 돼요."

결국 공작은 에일리아의 투정 아닌 투정에 베르난도 백작가로 같이 발걸음을 옮겼다.

백작가에 들른 에일리아는 베르난도 백작과 인사를 나누었다. 뒤이어 백작의 두 형제도 마중을 나와 같이 인사를 했다.

"그런데 한명이 더 있지 않나요? 손님이 왔는데 나와 보지도 않다니 무례하군요."

"아, 룬을 말씀하시는 거군요. 그 녀석은 지금 이곳에 없습니다."

"없다뇨?"

"그래플아카데미에 입학하게 되었습니다."

란드만은 내색하진 않았지만 은근히 자랑스러워하는 빛이 묻어 나 있었다.

하지만 그 말을 들은 에일리아는 전혀 그렇지 않은 모양이었다. 그 후로 그녀는 이전처럼 다시 무기력해져서, 아버지가 하는 일도, 경치를 구경하는 일도 하지 않고 그냥 공작가로 돌아가 버렸다.

토레논 공작은 갑자기 변해버린 에일리아가 걱정됐는지 왜 그러냐고 물어봤지만 그냥 아무 일도 아니라는 대답만 할 뿐이었다.

"조금 있으면 데이미안님께서 오실 거다. 무슨 일인지는 모르겠지만 마음을 추슬러라."

"예."

에일리아의 대답에는 여전히 힘이 없었지만 토레논은 더 이상 간섭하지 않았다.

에일리아는 단장을 하며 데이미안에 대해 생각했다. 데이미안은 꽤 괜찮은 남자였다. 굉장한 미남자에 포용력이 있고 행실이 올발랐다.

어른들 사이에서 은연중 혼담이 오가는 걸 그녀도 알고 있었다. 그와의 혼사에 대해서는 크게 의구심을 가진 적이 없었다. 그저 당연한 통과의례쯤으로 여겼고 데이미안이라면 나쁘지 않다고 생각한 게 전부였다.

하지만 근래에 이 당연한 일에 의문이 들기 시작했다. 어째서 공작가의 여식이라는 이유만으로 자신의 의지가 아닌 집안끼리 정해놓은 사람과 혼사를 치러야 하는가.

생각이 거듭될수록 에일리아는 한 가지 결론에 도달하게 되었다.

"그래플아카데미에 가야겠어!!"

# LUNE

제 3 장

새로운 인연들

제 3장
새로운 인연들

어느덧 그래플아카데미의 학기가 정식으로 시작 되었다. 갓 그래플에 입학한 새내기들은 자신의 전공 수업에 집중하기 보다는 역사, 검술, 마법, 문학, 교양, 경제 등 사회 전반적인 것들을 배웠다.

과목은 학생들이 선택할 수 있지만 일정 수 이상을 수강해야 했다. 룬은 검술, 마법, 교양, 역사, 경제를 수강했다.

오전에는 아카데미장의 연설과 오리엔테이션을 하였고 오후부터는 정규 수업이 시작 되었다. 룬의 첫 번째 수업은 검술수업이었다.

검술수업은 연무장에서 이루어졌다. 룬은 검술교관이 도착하기 전까지 후미진 곳에 앉아 창밖을 바라보고 있었다.

귀족들 간에는 서로 인적 인프라가 구축되어 있었기에 새 학기임에도 서로 무리를 지어 있었다. 그들은 저마다 두런두런 대화를 주고받고 있는데 그 중에는 룬에 관한 것도 있었다.

 이번에 리오도르의 제자가 누구냐는 둥, 실력은 어떠냐, 형편없더라. 집안은 어떠냐, 그도 형편없더라. 어떻게 그런 놈이 리오도르님의 제자가 될 수 있느냐, 뭐 그런 내용이었다. 룬의 귀에도 어렴풋 그 내용이 들렸지만 짐짓 모른 척 넘어갔다.

 "왜 이렇게 시끄럽습니까."

 어느새 검술교관이 들어왔다. 이번 검술 클라스를 맡은 교관은 리오도르였다.

 "자자. 정렬해서 가로 5명 세로 4명씩 줄지어 앉으십시오. 아무와 줄을 지어도 상관없습니다."

 학생들이 이리 치이고 저리 치이고 하더니 어느새 줄을 맞추고 자리를 잡았다.

 "반갑습니다. 저는 그래플아카데미의 검술교관 리오도르라고 합니다."

 리오도르가 자기소개를 하자 박수갈채가 쏟아졌다. 그는 왕국에 이름을 떨칠 정도로 명성이 자자했기에 학생들의 기대가 반영 된 것이다. 특히나 그가 직접 정규수업에 나온 것은 실로 오랜만의 일이었다.

"여러분이 그래플아카데미에 왔다는 건 이미 기본적인 수준이 된다는 것을 증명합니다. 하지만 이곳은 아카데미이고 여러분은 이제 막 아카데미에 입학한 새내기들입니다. 하여 자만하지 말고 검을 처음 잡는 것처럼 기초부터 차근차근 다시 밟아 나가야 할 겁니다. 혹여 질문이 있으십니까?"

리오도르의 말이 끝나기가 무섭게 여기저기서 손을 들기 시작했다. 리오도르는 그 중 제일먼저 손을 든 학생을 지목했다.

"토레논 공작님도 왕국의 최고의 검수 중 하나로 꼽히는데, 그분과 대련을 하면 누가 이기나요?"

일차원적인 질문에 다들 하하거리며 웃었다.

"검술의 고하만 따지자면 내가 위이고, 승부를 가리자면 장담할 수 없고, 생사를 걸고 싸우면 필패할 겁니다."

리오도르가 의외로 사소한 것까지 친절하게 답해주지 용기를 얻은 학생들이 다시 손을 들었다. 리오도르가 그 중에 한명을 지목했다.

"이전 제자분이 데이미안님이셨는데, 그 분의 검술은 어떠했나요?"

"나에게 일왕자님의 검술을 논하라 하다니. 자칫하다간 왕실모욕죄로 잡혀갈지도 모르는 무서운 질문을 하시는군요.

허나, 그분의 재능은 내가 보아온 누구보다 뛰어나셨으니 그럴 일은 없겠군요."

"그럼 이번 제자는 어떠한가요? 듣자하니 변방에 있는 가문에 검술실력도 형편없다고 하던데."

"그렇습니다. 그의 집안은 변방이며 볼품없죠. 검술은 기초도 다지지 않기에 평가조차 할 수 없는 수준입니다."

"그런데 그런 자가 어찌 리오도르님의 제자가 될 수 있는 거죠?"

"제자를 받는 건 교관의 고유권한입니다. 제가 제자로 받아 들이고 싶은 마음이 드는 지 아닌지가 제일 중요한 거죠."

"그건 너무 불공평 한 거 아닌가요."

학생이 조금 불만스러운 투로 말했다. 누구든 리오도르의 제자가 되고 싶어 하는데 검술의 기초도 모르는 자가 그의 제자가 되었으니 충분히 그럴 만 했다.

"내 제자라 하여 반드시 검술에 재능이 있는 건 아닙니다. 반대로 내 제자가 아니라 하여 검술의 재능이 없는 것도 아니죠. 검은 매우 정직해서 누구든 주어진 상황에서 최선을 다한다면 보상을 받게 돼 있습니다. 누구의 제자인지 아닌지는 중요하지 않습니다. 그러니 불공평하고 말 것도 없습니다."

이후로 질문을 하려는 학생이 많이 있었으나 리오도르

는 시간관계상 제지시키고 수업을 진행했다.

"자자 시간이 너무 지체 됐으니 바로 수업에 들어가도록 하죠. 이제부터 자신의 앞뒤에 있는 4명이 한 조가 될 겁니다. 왼쪽이 1조 제일 오른쪽에 있는 줄이 8조입니다. 맨 앞줄에 있는 학생이 조장이며 이번 수업이 끝나면 조원의 명단을 제출하도록 하십시오. 그리고 다음 시간에는 각 조별로 두 명씩 대련을 벌이고 그 다음 시간에는 그 승자들끼리 다시 승부를 벌이는 토너먼트가 진행될 겁니다. 우선 조원들끼리 통성명부터 하십시오."

룬은 제일 끝 쪽인 8조에 편성 되었다. 8조는 룬을 비롯해 세 명의 남자와 한 명의 여성으로 구성되어 있었다. 그 중에 제일 넉살좋아 보이는 사내 한 명이 먼저 통성명을 시작했다.

"반가워요. 제이드라합니다. 서쪽 항구도시 밀란 출신이며 트린베니아와의 교역을 통한 공로를 인정받아 남작의 지위를 하사 받았습니다. 잘 부탁드립니다."

제이드는 사람 좋아 보이는 모습답게 제법 친절히 자기소개를 했다.

"밀란 출신이시군요. 언젠가 그 쪽 도시로 여행을 가본 적이 있는데 꽤 경치가 좋더군요."

말을 받은 건 홍일점인 묘령의 여인이었다.

"제 소개를 안했군요. 신디아에요."

비교적 짧은 인사였지만 밝고 쾌활해 보이는 음성이었다.

"헤럴드요."

반면 그 옆에 있던 준수한 사내는 어딘가 못마땅한 표정
이 역력했다.

"당신이 그 유명한 헤지스가문의 헤럴드군요. 명성은
익히 들어 잘 알고 있습니다."

제이드는 희극배우를 처음 본 촌놈 같은 얼굴이 되었다.

아닌게 아니라 헤지스가문의 명성은 서쪽 끝에 있는 지
역에 까지 오르락내리락할 만큼 대단한 것이었다. 특히 헤
럴드는 헤지스 가문중에서도 가장 뛰어난 검술을 구사하
는 것으로 알려져 있었다.

제이드의 칭찬에도 헤럴드는 흥하며 콧방귀만 뀌었다.
그럼에도 뭐가 좋은지 제이드는 신기한 마냥 여전히 헤럴
드를 훑었다.

모두의 시선이 헤럴드에게 향하자 아직 본인 소개를 하
지 않은 룬의 상황이 애매해졌다. 인사를 하자니 모든 시
선이 헤럴드에게 가있고 그냥 있자니 그것도 경우가 아니
었다.

다행히 신디아가 쭈뼛거리고 있는 룬을 발견하고 먼저
말을 걸어왔다.

"아직 당신은 통성명을 하지 않으셨군요."

그러자 룬이 기다렸다는 듯 인사를 했다.

"룬이라고 합니다."

룬이 통성명을 하자 얼굴에 짜증이 깃들어 있던 헤럴드의 표정이 조금 변하였다.

"당신이 리오도르님의 제자였군."

그러자 제이드의 얼굴이 거의 사색이 되었다. 아닌 게 아니라 리오도르에게 그의 제자에 관해 질문을 던진 것이 바로 그였다.

"하하. 리오도르님의 제자셨군요. 실제로 보니 키도 훤칠하시고 늠름한 것이 세간의 소문이 크게 잘못되었나 봅니다. 이거 당사자가 앞에 있는 것도 모르고 큰 실례를 범했군요."

제이드는 민망함에 횡설수설 말을 늘어놓았다.

"괜찮습니다. 일부러 알고 그런 것도 아닌데요."

룬이 별로 대수롭지 않게 대답했다.

헤럴드는 룬에게 궁금한게 많이 있는 듯 보였으나 자존심 때문인지 따로 말을 걸거나 하지는 않았다.

"그건 그렇고 통성명도 끝났으니 누구와 대련을 벌일 것인지 정하도록 하죠. 제 생각으로는 맨 앞줄에 있다는 이유만으로 굳은 일을 도맡아 하게될 헤럴드님이 정하시는 게 어떨가 싶은데요."

신디아가 조금 우중충해진 분위기를 쇄신하려는 듯 쾌활한 목소리로 말을 했다.

제이드는 헤럴드라면 무엇이든 괜찮은 지 흔쾌히 찬성했고, 룬 또한 누구와 붙든 상관없기에 고개를 끄덕였다.

모두의 허락을 받은 헤럴드는 누구와 대련을 할지 살피기 위해 세 명을 훑어보았다.

신디아는 여자라 내키지 않았고 제이드는 서쪽 촌구석의 사람인데다 전통적인 귀족도 아니라 대련을 벌이고 싶은 마음이 들지 않았다.

룬은 리오도르의 제자라는 거창한 타이틀만 제외하면 변방의 보잘것없는 귀족이며, 세간의 평이 좋지 못하고, 특히 검술쪽으로 문외한이었다.

헤럴드는 이겨야 본전인 그만그만한 자들 중에서 상대를 정해야 한다는 상황 자체가 마음에 들지 않았다.

"나와 대련을 하고 싶은 자가 있다면 말하시오."

그래서 선택권을 다시 그들에게 돌리기로 했다.

"제가하죠."

의외로 신디아가 대련을 하겠다고 나섰다.

헤럴드가 고개를 끄덕였다. 그러면서 신디아를 훑었다. 손은 매끄러우나 제법 검을 잡아본 듯했고 몸매는 검술로 다져져 굴곡이 잘 살아나 있었다.

신디아의 검술실력을 가늠하기 위해 살피던 헤럴드는 돌연 그녀의 얼굴에 시선이 닿았다. 붉은 머리와 앵두 같은 입술이 잘 어우러져 한 폭의 그림을 보는 듯 한 착각을 불러일으키는 모습이었다.

자세히 살피니 그녀의 외형은 수도인 바르텐에서도 쉬이 볼 수 없는 굉장한 미인이었다. 이런 미인이 아직까지 사교계에 이름을 날리지 않고 있다는 것이 믿기지 않을 정도였다.

"그럼 자연히 남은 두 분이 붙게 되겠네요."

신디아가 말하자 룬과 제이드가 서로를 쳐다보았다. 제이드가 멋쩍게 웃으며 룬에게 손을 내밀었다.

"잘 부탁드립니다."

"저도 잘부탁드립니다."

어느덧 룬의 조를 비롯해 다른 조들도 대부분 대련자를 정하였다.

분위기를 파악한 리오도르가 박수를 치며 주목을 시켰다.

"대련자가 정해졌으면 조장은 명단을 적어 교관실로 오십시오. 대련의 목적은 여러분들의 실력을 파악하고 기초반과 실전반으로 나누는 데 있습니다. 그러니 열외는 없습니다. 오늘 수업은 이것으로 마치겠습니다. 다음에 봅시다."

리오도르가 장내를 벗어났다. 그는 룬이 있다는 사실을 모르는 건지 룬에게 시선 한 번 주지 않았다.

수업이 끝나자 제이드가 숨통이 트인 사람처럼 히히덕거리며 말을 걸어왔다.

"이렇게 만난 것도 인연인데 같이 밥이나 먹으러 가는 게 어때요?"

"저는 선약이 있어요. 죄송해요"

신디아는 여전히 쾌활한 목소리로, 그러나 거절의 의사를 분명히 했다.

"나는 됐소."

헤럴드는 생각해 볼 것도 없다는 듯 단칼에 거절했다.

제이드가 조금 처량한 얼굴로 룬을 바라보았다.

"저만이라도 괜찮다면 같이 먹으러 가시죠."

그러자 제이드의 얼굴에 금세 화색이 돌았다.

"물론이죠."

학내 식당은 뷔페식으로 되어 있었다. 크기는 전 학생을 수용하고도 남을 만큼 넓었다. 음식은 베르난도 백작가의 평소 식단보다 훨씬 호화스러웠다.

제이드는 무역으로 많은 돈을 벌었지만 이렇게 호화스러운 식단은 몇 번 본적이 없었다. 제이드의 얼굴은 이 맛있는 음식을 매일 먹을 수 있다는 생각에 활짝 피어 있었다.

룬과 제이드는 각자 취향대로 음식을 담은 후 적당한 자리를 잡고 앉았다.

"그 많은 음식 중에서 왜 하필 빵과 샐러드만 먹습니까?"

제이드가 무너질 듯 음식을 쌓아둔 자신의 접시와 룬의
간소한 접시를 번갈아가면서 보았다.

"그냥 당분간은 이렇게 먹을 생각입니다."

이는 탁기를 몰아내고 마나를 활용할 수 있는 몸을 최대
한 빨리 만들기 위한 궁여지책이었다. 고기와 잡곡보다는
채소가 좀 더 도움이 되었다. 하지만 마냥 채소만 먹다간
영양이 부족하기에 빵을 곁들였다.

물론 음식이 마나에 미치는 영향은 그리 크지 않았다.
어느 정도 수준에 다다른다면 별다른 영향을 줄 수 없었
다. 하지만 룬의 현재 몸상태는 일반적인 것에 미치지 못
했기에 나름대로 효과를 볼 여지가 있었다.

"역시 전통적인 귀족분이시라 이렇게 호화스러운 음식
앞에서도 현혹되지 않는군요."

"그것과는 무관합니다. 저 또한 이렇게 거창한 식단은
별로 구경하지 못했습니다."

룬은 빵에 샐러드를 곁들여 입으로 가져갔다.

제이드는 속으로 '맞아. 변방의 귀족이라고 했었지.' 라
고 생각했지만 겉으로 내색은 하지 않았다.

"무역으로 남작의 지위까지 하사받았다면 충분히 윤택
하게 살수 있었을 텐데 왜 아카데미에 지원하신 겁니까?"

"서쪽 촌구석에서 떵떵거리며 살지 촌놈이 뭣하러 아카
데미까지 와서 사서 고생을 하느냐 그런 말이군요."

"그런 뜻은 아닙니다."

"그냥 아무리 돈이 많아져도 가슴 한켠이 공허하더라고 요. 남작이라는 지위도 말이 귀족이지 그냥 보기 좋은 허울에 지나지 않은 걸 알아요. 아카데미오면 공허함을 어떻게 채울 수 있지 않을까 생각했어요. 그래서 오게 된거죠. 헤헤, 뭐 거창하게 말하면 그렇고 그냥 배부르고 등따시니 헛바람이 든 거죠."

제이드는 본인의 이야기를 하는 게 쑥스러운지 머리를 긁적였다.

"무언가를 탐구하려는 욕망이야 말로 인간과 동물의 가장 다른 점이죠. 그리고 그 욕망을 마음껏 불태울 수 있는 것만큼 행복한 것도 없죠. 저는 제이드님의 심정을 이해할 수 있을 것 같군요."

룬은 과거 마법에 푹 빠져 밥도 거르며 마법에 매진하던 때를 떠올렸다.

"그렇게 말씀해주시니 감사합니다."

제이드는 룬이 자신을 동조해주자 한껏 밝은 얼굴이 되었다.

"그런데 트린베니아와 무역을 하셨다면 그쪽 지방에 대해서 많이 아시겠군요."

"교역은 많이 했지만 워낙 목석같은 자들이라 대화를 많이 주고받질 않았어요. 거의 일에 관해서만 이야기를 나누었죠. 그래도 보통의 왕국사람보다는 많이 알고 있죠. 트린베니아에 대해 관심이 있으십니까?"

룬이 고개를 끄덕였다.

"트린베니아는 우리의 상식으로는 도저히 이해할 수 없는 사람들이에요. 오직 싸움밖에 모르죠. 그 외에는 전혀 생각을 하지 않는 거 같아요. 무역품도 항상 병장기죠. 그들은 싸움은 잘하지만 질 좋은 무기를 만들어낼 만한 기술이 없어서 우리에게 의존을 해요. 반대로 저희는 트린베니아의 곡식과 가축, 그리고 어류를 제공받죠. 트린베니아는 정말이지 풍요로운 곳이에요."

제이드가 스테이크를 입안에 넣고 우걱거렸다.

"트린베니아에서 특히 인상깊었던 건 바로 자식관이에요. 다른 것들은 문화의 차이니 그럭저럭 이해할 수 있겠는데 그것만은 도저히 이해를 못하겠더군요. 자식을 낭떠러지에 몰아넣은 어미사자도 아니고, 이건 낳아만 줬을 뿐이지 완전 남이에요. 어쩔땐 남보다도 못한 거 같아요. 그런데 그들은 그게 자식을 강하게 키우는 것이라 믿고 있어요. 신기한 건 모든 부모가 그러다보니 오히려 그러한 것들이 별다른 사회문제가 안 된다는 거죠."

룬은 베르난도 백작을 떠올렸다. 그리고는 고개를 끄덕이며 제이드의 말에 동조했다.

"정말 이상한 곳이군요."

"그런데 룬님은 검술 말고 무슨 과목을 수강하셨나요?"

"역사, 교양, 경제를 신청했습니다."

룬이 가장 원했던 과목은 마법이다. 하지만 검술특기생에게는 마법의 수강권한이 주어지지 않았다. 이미 고써클에 접어들었기에 기본적인 마법수업은 불필요한 것이기는 했다. 다만 정규교육을 받아 본적이 없기에 어떤 식으로 수업이 진행되는지 궁금한 점이 있긴 있었다.

"경제가 겹치는 군요. 무슨 반이신가요?"

"A반입니다."

"이런. 저는 B반인데. 아쉽게 됐네요."

제이드가 아쉬운 듯 중얼거리고 있는데 식탁위로 접시 하나가 스르륵 놓여졌다. 룬과 제이드의 시선이 그 접시의 주인에게로 향했다.

"합석을 해도 되겠죠?"

상큼하게 미소지으며 말하는 미모의 여성. 그녀는 다름 아닌 신디아였다.

제이드는 조금 당황해 하다 이내 언제 그랬냐는 듯 일어서서 손수 그녀의 의자를 빼주었다. 그녀는 한쪽손을 무릎 위에 올려놓으며 다소곳하게 자리에 앉았다.

제이드는 평소에서도 사람 좋아 보이는 웃는 모습을 하고 있었지만 신디아가 옆에 있자 세상에서 가장 행복한 사람같은 얼굴이 되었다.

"선약이 있다고 하시지 않았나요?"

"약속이 깨졌어요."

"이런… 하지만 저희한텐 잘된 일이군요."

제이드는 신디아가 옆에 있는 것만으로도 좋은지 계속 헤죽헤죽 거렸다.

"무슨 얘기를 하고 계셨었나요? 설마 제 뒷담화를 하고 있진 않았겠죠?"

"그럴리가요. 수강과목에 대해 얘기하고 있었어요. 신디아님은 검술말고 뭘 신청하셨나요?"

"교양, 역사, 천문학이요."

"이런 아쉽게도 저와 겹치는 과목이 없네요. 그래도 룬님과는 교양과 역사가 겹치시네요."

"무슨 반이세요?"

신디아가 룬에게 고개를 돌렸다.

"둘 다 A반입니다."

"저는 둘 다 B반이에요. 학기 초에는 과목수가 많지 않은데 이렇게 겹치는 과목이 하나도 없다니 신기한 일이네요."

"검술수업시간 때 만이라도 의미 있게 만나라는 하늘의 뜻이겠죠."

제이드가 넉살좋게 얘기를 하자 룬과 신디아가 미소 지었다.

"오늘 검술시간에 보니 리오도르님은 소문과는 조금 다른 분 같았어요. 엄격하고 근엄하다고 하던데 질문에도 친절히 답해주시고 한 분야의 마스터다운 풍모가 풍겼어요. 실제로 그 분은 어떤 분이신가요?"

제이드가 묻자 룬은 생각을 하려는 듯 고개를 치켜들었다.

"음. 저도 잘 모르겠습니다. 사실 지나가면서 두 번 정도 보고 교관추천서를 받으러 갈 때 잠깐 본 게 전부라서요."

"룬님은 그분에 특기생이잖아요."

"특기생은 교관이 마음에 들면 누구나 선택할 수 있다고 들었습니다. 그러니 몇 번 봤는지는 중요한 게 아니죠."

룬이 대답하자 신디아가 의아하다는 듯 말을 받았다.

"그분은 인맥이나 다른 요소에 의해 특기생을 받지 않는다는 것으로 유명하던데, 그럼 검술을 모른다는 세간의 소문이 잘못된 모양이군요. 그렇지 않고서야 단번에 마음을 사로 잡을 수 없을 테니까요."

"그 소문은 사실입니다. 저는 검술에 대해서는 문외한입니다."

"듣자하니 불새기사단의 견습기사를 이겼다던데. 검술을 아예 모르는 사람이 견습기사를 이겼다는 건 반대로 엄청난 재능이 있다는 말일 수도 있어요."

"글쎄요. 그를 이긴 건 운이 많이 작용한 겁니다. 또 검으로 이긴 것도 아니죠."

"검으로 이긴 게 아니라니요?"

"저에게 쇄도해 오는 걸 방향만 살짝 바꾼 뒤 발을 걸어 넘어뜨렸거든요."

신디아가 깔깔거리며 웃었다. 제이드도 대 불새기사단의 견습기사가 발에 걸려 넘어지는 상황이 우스운지 킥킥거렸다.

"어찌 됐든 견습기사를 이겼다는 건 대단한 거예요."

"제 능력으로 한 일이 아닌 것에는 큰 의미를 두는 편이 아니지만 그리 말씀해주시니 감사합니다."

룬은 별로 대수롭지 않게 말했다. 실제로도 별로 대수롭지 않게 생각하고 있었다.

신디아는 벽에 걸려 있던 마법시계를 슬쩍 훑었다. 마법시계는 최근에 개발된 것인데 역사상 가장 위대한 발명품에 소개될 만큼 혁신적인 발명품이었다. 이제는 어느 정도 보급이 되어 큰 공공장소에서는 제법 쉽게 볼 수 있었다.

시계를 보던 신디아는 곧 곤란한 얼굴을 하더니 자리에서 일어났다.

"이런, 얘기를 하느라 다음 수업이 있다는 걸 깜빡했네요. 저는 먼저 가 볼게요."

제이드의 얼굴에 아쉽다는 기색이 역력했다. 하지만 제이드 또한 다음 수업이 있다는 걸 자각하고는 방금 전 신디아와 같은 얼굴이 되었다.

"이런 저도 수업이 있는 걸 깜박했네요. 룬님은 다음 수업이 있나요?"

"아뇨. 저는 오늘 검술수업밖에 없습니다."

"좋으시겠네요."

"마침 저도 다 먹었으니 이만 일어나죠."

그 말을 기다렸다는 듯 제이드가 자리에서 일어났다.

❖

수업을 마친 후 신디아는 리오도르를 찾아갔다. 그런데 의아하게도 먼저 고개를 숙이고 인사를 한 건 학생인 신디아가 아닌 리오도르였다.

"이곳까지는 어쩐 일이십니까."

"그냥요. 오라버니가 리오도르님의 손을 떠났으니 저라도 위안이 되고자 와봤어요."

"제자가 대성을 해서 떠나는 건 스승으로써 기쁜 일입니다. 위로라니 가당치도 않습니다."

리오도르는 얼마 전 졸업을 한 데이미안을 떠올리며 얕게 미소 지었다. 그는 성품이 올바를 뿐만 아니라 검술에 대단한 재능이 있었다. 마음 같아서는 더 붙잡아 두고 싶었지만 그는 다음 왕위를 이어야할 재목이었다.

"에일리아가 아카데미에 온다면서요?"

"예. 벌써 이자벨리아님의 귀에까지 얘기가 들어갔군요."

"신디아에요. 다시 말하지만 전 여기서 공주가 아닌 이름 없는 귀족이고, 이자벨리아가 아니라 신디아라구요."

"허허. 알겠습니다."

"갑자기 무슨 바람이 들어서 온데요? 제가 알기로 리오도르님이 에일리아를 은연중 탐내고 있지만 에일리아가 원하지 않았던 걸로 기억하는데요. 역시 리오도르님의 명성은 공녀의 마음까지 움직일 정도로 대단한 모양이군요."

"가당치도 않습니다."

리오도르가 어울리지 않게 손 사례를 치며 대답했다.

"에일리아가 왜 갑자기 마음을 바꾼 것인지는 저 또한 알지 못합니다. 하지만 에일리아는 검술에 대단한 재능이 있으니 검술교관으로써 그것만으로 충분하지요."

"리오도르님이 자기 마음 내키는대로 검술을 배울 수 있는 사람도 아니고 그렇게 마음대로 하는 게 어디 있어요. 그리고 리오도르님도 너무해요. 제가 그렇게 제자로 들어간다고 했을 땐 한사코 거절하더니 에일리아는 한껏 튕기다가 입학 몇 일전에야 의사를 비쳤는데도 흔쾌히 승낙하시고."

"허허. 이자, 아니 신디아님의 재능은 에일리아에 못지 않습니다. 다만 제가 가르칠 여지가 있느냐 없느냐의 문제지요. 그러니 너무 서운해 하지 마십시오."

"제 검술은 발전 가능성이 없다는건가요?"

신디아가 씩씩거리며 말했다. 리오도르는 어린 손녀의 재롱이라도 보는 듯 허허거리며 웃었다.

"그럼 룬이라는 그자는 발전가능성이 있다는 얘긴가요?"

그 질문은 곤란한지 리오도르는 선 뜻 대답을 하지 못했다.

"글쎄요. 하지만 어디까지나 예외는 있는 법이니까요."

"오로지 검술의 자질만 보고 제자를 받아들이시는 것으로 유명한 리오도르님께서도 예외라는 게 있군요. 한 나라의 공주 앞에서도 열리지 않던 그 예외가 과연 무엇인지 궁금하네요."

신디아의 말에는 제법 가시가 돋쳐 있었다. 그도 그럴 것이 그녀는 오래전부터 리오도르의 제자가 되길 희망했었다.

"그래도 그자는 제법 담백한 맛이 있더군요. 소문처럼 인성이 나쁜 자 같지는 않아보였어요. 리오도르님의 제자로써 적합한지는 의문이지만요."

이 말을 끝으로 신디아는 입을 다물었다. 교관의 고유권

한인 특기생에 관해서 제 3자인 자신이 이렇게 왈가불가
하는 것 자체가 우스운 일이란 걸 알았기 때문이다.

신디아가 입을 다물자, 룬에 대해서 언급하기 껄끄러웠
던 리오도르가 화제를 전환했다.

"조 원은 마음에 드십니까?"

"뭐, 그럭저럭요. 앞서 말했듯 룬이란 그자는 솔직담백
한 맛이 있고, 제이드라는 사람은 비록 전통적인 귀족은
아니지만 그래서인지 눈치가 빠르고 사람의 기분을 잘 살
피는 자예요. 물론 헤럴드 그자는 영 마음에 들지 않지만
요. 그래서 본때를 보여주고자 그자와 대련을 하기로 했
죠."

"그자는 헤지스가문 중에서도 가장 뛰어난 후기지수로
꼽히고 있습니다. 당장 승부를 장담할 수 있을지 없을지
여부를 떠나 사람들의 입에 오르락내리락할 겁니다."

"상관없어요. 제 정체를 아는 사람은 리오도르님을 비
롯해 몇 명밖에 되지 않는데 사람들 입에 오르락내리락 하
든 무슨 상관이겠어요. 리오도르님만 입 다물면 아무 일도
없을 텐데요."

리오도르는 못 말린 다는 듯 고개를 내저었다. 하지만
생각해보면 앞뒤 가리지 않고 달려드는 게 그녀의 본 모습
이었다.

제이드와 식사를 마치고 기숙사에 들어온 룬은 몸 상태를 점검했다. 몸이 바뀐 후부터 식단을 조절하고 하루도 빼놓지 않고 연공을 했기에 예전 마나의 삼할 정도는 되찾은 상태였다. 무엇보다 탁기가 많이 빠져 더 많은 마나를 받아 들일 수 있는 준비가 되었다.

'좋아 이정도면 되겠어.'

룬은 품에서 천으로 쌓여진 물건 하나를 꺼냈다. 천을 벗기자 콩같이 생긴 약 하나가 나왔다. 일전에 아카데미에 오기 전에 만든 영약이었다.

룬은 가부좌를 틀고 자리에 앉았다. 그리고 반시간 정도 마나연공을 하였다.

마나연공이 끝난 후 룬은 가부좌를 튼 상태에서 영약을 입으로 가져갔다. 식도를 타고 뜨거운 무언가가 전신을 퍼져 나갔다. 몸속이 활활 타오르는 듯한 이 기운은 두 번 겪어 보는 것이지만 좀처럼 익숙해지지 않았다.

룬은 활활 타오르는 기운을 제어해 아랫배에 응집시켰다. 사부는 그곳을 단전이라 불렀지만 발음이 어려워 룬은 마나홀이라고 편의상 사용했다.

어느 정도 시간이 지나자 모든 기운이 룬의 마나홀에 쌓이게 되었다. 룬은 마나홀에 쌓인 마나를 다시 개방해 온 몸 구석구석 활개시켰다. 사부는 이 과정을 소주천을 타통하는 것으로 불렀다. 온몸의 혈들을 뚫어 마나가 잘 다닐 수 있도록 길을 닦는 과정이다. 이 과정이 끝나야 비로소 마나를 사용할 수 있었다.

룬은 거의 한 시간 동안이나 이 과정을 지속했다. 그리고 마침내 사부가 일러준 마나의 길을 모두 닦았다.

마나의 길을 닦은 룬은 멈추지 않고 써클을 생성해 냈다. 하나, 둘, 셋, 넷, 총 다섯 개의 서클이 생성됐다. 내친 김에 6써클에 도전해 볼까 하다 고개를 저었다. 5써클과 6써클은 하늘과 땅차이다. 지금으로써는 5개의 써클이 한계였다.

모든 작업이 끝나자 룬의 몸에 은은하게 마나의 기운이 흘렀다. 몸에는 힘이 넘쳤다. 방금 전까지만 하더라도 1써클 마법도 사용할 수 없었던 룬은 5써클의 반열에 올랐고 신체적 능력은 웬만한 기사 못지않게 되었다.

"기왕이면 어느 정도인지 실험을 해봤으면 좋겠는데."

룬은 내친김에 근처 공터를 찾았다. 결계를 만들어 외부에 기운이 세어나가지 않게 했다. 그리고는 그동안 참아왔던 회포를 풀 듯 마법을 난사하기 시작했다. 1써클의 마법부터 현재 가능한 5써클 마법. 불계열 마법을 시작으로 물, 바람, 땅, 자연계열의 마법에 이르기까지 현재 사용가능한 거의 모든 마법들을 시전해보았다.

가진 마나가 모두 소진되자 룬은 그 자리에 앉아 마나연공을 시작했다. 아직은 마나홀이 크지 않았기에 마나는 금세 회복되었다.

'마나술도 한 번 점검해 볼 필요가 있겠군.'

마나술은 마법 이외에 사부가 알려준 마나운용법인데 원래 명칭은 따로 있으나 룬이 의미가 맞게 각색한 것이다.

마나술은 마법과 효과가 비슷하나 마나를 재배열하지 않고 순수하게 운용한다는 점에서 마법과 달랐다. 크게 보면 마나를 다룬다는 점에서는 일맥상통했지만 룬은 엄연히 마법과 마나술을 구분해서 사용했다.

마나술은 크게 상대를 공격하는 공격술, 몸을 좀 더 효율적으로 움직이게 해주는 체술, 그리고 몸을 방어해주는 방어술로 나누어졌다.

룬은 구슬치기를 하듯 허공에 손가락을 퉁겼다. 그러자 콩알만 한 구체가 날아가 바위를 뚫고 지나갔다. 이번에는 장풍을 쏘듯 허공에 대고 손을 휘둘렀다. 방금 전과 비슷한, 그러나 눈에 보이지 않는 마나파동이 바위를 강타했다. 바위에 눈에 보이지 않는 마나파동의 흔적이 새겨졌다.

윈드핑거와 마나파동이라는 기술이었다. 원래 이 기술들의 이름 역시 따로 있지만 발음하기가 워낙 힘들어 룬이 뜻이 맞게 바꾼 것이다.

사부는 사소한 기술들에도 이름을 다 붙였는데 하나같이 발음하기가 힘든 것들이었다. 그래서 사부가 원래대로 명명한 이름을 그대로 사용하는 경우는 거의 없었다.

'마나가 턱없이 부족해서 위력이 나질 않는군.'

마나술의 가장 큰 특징은 마나와 비례하여 위력이 결정된다는 점이다. 때문에 현재 마나술의 위력은 이전의 삼할 정도밖에 나오지 않았다.

'그래도 사용할 수 있는 게 어디야.'

룬의 마나연공은 자유자재로 마나를 운용할 수 있는 장점이 있다. 반면 큰 단점이 있으니 마나의 길을 닦아 놓기 전까지는 마나를 운용할 수 없다는 점이다.

때문에 마나의 양 자체는 마나의 길을 닦은 후와 지금과 큰 차이가 없으나, 지금에서야 이러한 기술들을 사용할 수 있었다.

'이번에는 체술을 한 번 해봐야겠군.'

룬은 3m정도 앞에 반사보호막을 펼쳤다. 그리고 여러 발의 매직미사일을 발사했다. 매직미사일이 앞으로 날아가더니 반사보호막에 반사되어 다시 룬에게 날아왔다.

룬은 순간적으로 엄청난 스피드로 몇 개를 피하고 또 기묘한 움직임으로 나머지를 피했다. 순간적으로 속도가 붙는 기술은 윈드워크라는 것이고 기묘한 움직임은 마나를 순간적으로 운용하는 순수 체술이었다.

룬은 앞서와 같은 방법을 몇 번 더 실험해 보았다. 그리고 마나의 길을 닦기 전과는 비교도 할 수 없을 정도로 재빠른 움직임으로 매직미사일을 모두 피해냈다.

그러다 어쩐 일인지 마지막에 가서는 매직미사일을 피하지 않고 몸으로 그대로 받아 들였다. 그러자 신기하게도 매직미사일이 흡수라도 되듯 룬의 몸에 닿자마자 덧없이 사라져갔다.

자세히 보니 룬의 몸에 은은하게 얇은 막 같은 것이 형성되어 있었다. 오러실드라는 라는 것으로 기사들이 사용하는 오러의 묘리를 이용해 몸에 실드를 펼치는 것이다.

베리어와 거의 효과가 동일하나 다른 마나술과 마찬가지로 마나를 재배열할 필요가 없다는 점에서 굉장한 효율이 있었다. 특히 오러실드와 배리어를 동시에 시전하면 그 효과는 곱절이 되었다.

물론 그만큼 마나의 소모도 극심했지만, 그건 이전의 마나를 되찾으면 해결될 문제였다.

"후우."

오랜만에 마나를 운용하고, 또 체술까지 사용해서 인지 숨이 가빠왔다.

룬은 가부좌를 틀고 다시 마나연공에 돌입했다. 하지만 얼마 지나지 않아 일어나야했다. 어느덧 리오도르를 만나러가야할 시간이었기 때문이다.

룬은 공터에서 나와 부랴부랴 리오도르에게 달려갔다. 6시부터 8시까지는 스승과 제자의 시간이었다. 1학년 때는 이런 시간이 정규교육에 비해 짧지만 다음 해부터는 정규수업을 받는 시간이 줄고 사제지간의 수련 시간이 훨씬 많아졌다.

"늦지 않게 왔구나."

짧은 시간 룬의 몸에 많은 변화가 있었지만 리오도르는 그것을 눈치 채지 못했다. 당대 최고의 검수도 눈치채지 못할 만큼 룬은 내부의 기운을 완벽히 차단하고 있었다.

"수업시간에 보니 다른 학생과 달리 경청을 하지 않고 있더구나. 아무리 네가 내 제자로 들어왔다고 해도, 최소한의 성적은 나와 줘야 졸업을 할 수 있다. 그러니 너무 게으름피지 말거라."

"예. 그 아까운 시간에 왜 딴청을 피우겠어요. 오고 싶어 온 건 아니지만 주어진 시간은 활용해야죠."

피할 수 없으면 즐겨라. 너무도 유명한 명언이거니와 룬이 좋아하는 말이기도 했다.

"제자는 저 한 명뿐인가요?"

"아니, 한 명이 더 있긴 하지."

"제자가 단 두 명이라니 너무 조촐하군요."

"난 원래 제자를 많이 받지 않아."

아카데미 규정상 일년에 제자로 받아들일 수 있는 숫자는 열 명 정도였다. 하지만 상한만 정해져 있을 뿐 최소 인원에 대한 규정은 없었다. 본인이 원한다면 제자를 받지 않아도 그만인 것이다. 특히 리오도르는 제자를 가려서 받기로 유명했다. 룬은 데이미안 이후에 4년만에 첫 제자였다.

"그런 점에서 이전 제자와 비교당하지 않으려면 부단히 노력해야 할 거야."

"이전 제자가 누구였는데요?"

"데이미안님이셨지. 그분은 비록 다음 왕좌를 이어야하기에 검을 놓아야 했지만 검술에 대단한 소질이 있으셨어. 아, 마침 다른 제자가 저기 오는군."

룬은 리오도르가 말한 쪽으로 시선을 돌렸다. 당연히 남자 일거라 생각하고 있었는 데 실루엣은 의외로 여자였다.

리오도르의 제자는 점점 가까워져 룬의 시야에 완전히 들어왔다. 그녀의 얼굴은 룬도 익히 알고 있는 모습이었다.

"에일리아님?"

에일리아는 룬의 혼잣말을 못 들은 건지 룬을 지나쳐 리오도르에게 인사를 건넸다.

"안녕하셨어요."

"그래, 오랜만이구나."

"이렇게 뵙게 되어 영광이에요. 늘 리오도르님의 제자가 되길 바라고 있었거든요."

"그건 미처 몰랐구나. 너의 재능이 탐이 났지만 네가 관심이 없는 줄 알고 마음을 접었는데 말이야."

"원래부터 리오도르님의 제자로 오고 싶었어요. 절대 다른 이유는 없어요."

"그래 그렇구나. 일단 옷부터 갈아입고 오너라. 지금은 아무래도 검술 수련을 하기에는 조금 무리인 듯 싶구나."

아닌 게 아니라 그녀의 복장은 검술 수련과는 거리가 멀었다. 하얀색 원피스는 허리의 굴곡이 잘 살아나게 꽉 조여 메워져 있었고, 온 몸에는 레이스와 장신구들이 치렁치렁 달려 있었다. 얼굴은 화장기가 감돌아 고된 수련에 찾아올 땀에 대해 전혀 대비를 못하고 있었다.

그녀는 리오도르의 말에 따라 옷을 갈아입으러 기숙사로 향했다. 그러면서 은근슬쩍 룬을 보았다. 하지만 별다른 말은 없었다.

그녀의 뒷모습을 보면서 리오도르는 속으로 중얼거렸다.

'왜 갑자기 마음을 바꿨나 했더니 다 이유가 있었군.'

얼마 후 에일리아가 돌아왔다. 그녀는 굴곡이 잘 들어나는 가죽튜닉과 바지를 입고 있었다. 머리는 한쪽으로 묶어 가지런히 늘어 트렷다.

"자 이제 모두 모였으니 간단하게 오리엔테이션을 하도록 하지."

리오도르가 과장되게 두 팔을 벌렸다. 오랜만에 받는 제자라 그도 조금은 흥분이 되는 모양이었다.

"아시다시피 교관의 개인제자로 들어온 학생은 정규교육 이외에 따로 사제교육시간을 가져야 한다. 일학년인 지금은 6시부터 8시까지 하루에 2시간씩 교육을 할 것이고 다음 학년부터는 최소한의 정규교육 이외의 시간은 모두 사제교육시간이 될 거다."

"쉬는 시간은 얼마나 되죠?"

"교육은 스승의 고유 권한이라 딱히 정해진 시간은 없다."

"그럼 교육시간 내내 쉬는 시간으로 할애해도 된다는 건가요?"

"물론이야. 말했듯 나의 고유권한이니까. 하지만 매일매일 교육일지를 작성해야 하기 때문에 실제로 쉰다는 건 쉽지 않은 일이지."

"그렇군요. 그런데 교육이 스승의 고유권한이라면 2시간이 아니라 더 수련을 해도 학생들은 어쩔 수 없는 건가요?"

"그건 아니야. 그럴 경우 아카데미에 신고를 하면 규정을 어긴 교관은 처벌을 받게 돼 있다. 교육시간은 일종의 상한인 셈이지."

"그거 참 다행이군요."

리오도르는 룬과 에일리아를 번갈아 보았다.

"더 물어 볼 말 있나?"

둘은 대답을 하지 않음으로 리오도르의 말에 대신 답했다.

"그럼 본격적으로 수련을 시작하도록 하지. 먼저 가장 기본인 기초체력훈련부터 하도록 하겠다. 에일리아 너는 토레논에게 이미 체력훈련은 받았을 테지?"

"물론이에요."

당당하게 대답하는 그녀.

"그렇다면 너는 이 녀석이 기초체력훈련을 하는 동안 해오던대로 자기수련을 하고 있어라."

"알겠습니다."

리오도르가 룬에게 시선을 돌렸다.

"너는 체력단련을 위해 연무장 100바퀴를 돌 거라."

"100바퀴를요?"

"그래."

룬은 뭔가 불만스러운 듯 입술을 달싹거렸지만 군말 없이 연무장을 뛰었다. 마나의 길을 닦아서 인지 힘들지는 않았다. 오히려 빨리 뛰고 쉬고 싶은 마음에 조금 속력을 올렸다.

'후후. 머릿속에 잔 생각을 없애는 데 이만한 방법도 없지.'

어느덧 시간은 1시간이 넘어가고 있었다. 에일리아는 그 동안 자기가 해오던 대로 수련을 진행했다. 리오도르가 그걸 보고 몇 가지 조언을 해주면 에일리아는 다시 수정해서 수련을 했다.

에일리아가 그렇게 수련을 하고 있는 동안 룬은 발바닥에 땀이나게 연무장을 돌고 있었다.

대략 30분이 더 지났을 무렵. 룬은 리오도르가 제시한 100바퀴를 모두 채울 수 있었다.

무리를 하며 뛰어서 인지 숨이 조금 거칠었다. 하지만 어깨가 들썩일 정도는 아니었다.

"다 뛰었어요."

"음."

리오도르는 거의 보이지 않게 고개를 끄덕였다. 그는 내색은 하지 않았지만 적잖이 놀라고 있었다.

"그동안 몸을 게을리 하지 않았구나."

"제 몸이 생각보다 더 엉망인걸 알고 나서는 노력 좀 했죠."

룬이 말한 노력이란 마나연공을 게을리 하지 않는 것이었다. 하지만 리오도르는 이를 다른쪽으로 해석했다.

"마냥 놀지 않은 걸 보니 과연 생각이 없는 놈은 아니었구나. 이렇게 잘 할 수 있으면서 그 동안은 왜 아무것도 하지 않은 것이냐?"

"……."

"아무튼 좋다. 네가 제법 검술을 제대로 해볼 마음이 있는 것 같으니 다음부터는 이런 무식한 훈련은 더 이상 하지 않기로 하겠다."

리오도르가 진정으로 원한 건 룬이 검사로써의 정신을 갖는 것이었다. 연무장 100바퀴. 이렇게 무식한 요구를 한 건 다른 데 팔려있는 정신을 검술에 집중시키고 검사로써 자세를 다잡으라는 이유였다.

룬이 보여준 것이라고는 고작 연무장을 100바퀴 돈 게 전부였지만 이전에 검술대회에서 봤을 때와 비교하면 지금의 체력은 몰라보게 달라져 있었다. 리오도르가 높게 평가한 건 바로 그 짧은 시간 변화한 모습이었다. 그 변화를 리오도르는 룬이 마음을 다잡은 것으로 해석한 것이다.

하지만 리오도르는 꿈에도 모르고 있는 것이 있었으니 룬이 그 동안 한 것이라고는 마나연공 뿐이라는 것이었다.

어찌됐던 룬의 모습에 흡족한 리오도르는 이것으로 수업을 종료시켰다.

그는 자리를 뜨기 전 에일리아에게 다가갔다. 그리고는 룬이 듣지 못할 정도로 낮게 속삭였다.

"온전히 검술 때문에 온 건 아니지?"

그러자 에일리아가 슬쩍 룬의 눈치를 보더니 리오도르와 마찬가지로 낮은 목소리로 대답했다.

"그게 무슨 말씀이세요."

"아닌척 할 것 없다."

"저는 정말 리오도르님에게 검술을 배우고 싶어서 왔을 뿐이에요."

"그래? 네가 그렇다니 일단은 믿어주마. 하지만 지금 저 아이는 아주 중요한 시기를 겪고 있어. 지금은 온전히 검술에만 집중해야할 때야. 그러니 될 수 있으면 저녀석이 딴데 마음을 쓰지 않도록 거리를 유지해 줬으면 좋겠구나."

"그건 제 마음이에요."

"그래? 그럼 널 특기생으로 받아 들이지 않는 것은 내 마음이지. 또 이건 어떠냐? 네가 이곳에 왜 왔는지 저 아이한테 말하는 거야. 아, 물론 넌 아니라고 하겠지만 판단은 저 아이가 하겠지?"

에일리아는 얼굴을 굳혔다. 그러자 리오도르가 달래는 투로 다시 말했다.

"무작정 거리를 두라는 건 아니야. 저녀석이 검술에 완전히 마음을 붙이고 나면 그때는 네 마음대로 하거라. 알겠지?"

결국 에일리아는 고개를 끄덕이며 리오도르의 말에 수긍해야 했다.

NEO FUSION FANTASY STORY & ADVANTURE

제 4 장

깨달음

제 4 장
깨달음

　룬은 비교적 만족스런 일상을 보냈다. 경제, 역사, 교양 수업은 그런대로 들을 만했고 리오도르와의 수련시간도 나름 괜찮았다.

　특히 리오도르는 첫 번째 시간 이후로는 더 이상 무식한 수련방법을 사용하지 않았다.

　룬이 마나의 길을 닦고, 덕분에 마나를 운용할 수 있게 되자 신체적능력이 몰라보게 상승했다. 그 덕에 리오도르의 요구사항을 충실히 따라갈 수 있었다. 그것을 리오도르는 룬이 마음을 고쳐먹고 검술에 몰입하는 것으로 받아들였다. 어찌됐건 덕분에 룬은 한결 편안한 시간을 보낼 수 있었다.

하지만 한 가지 껄끄러운 것이 있었다. 에일리아와의 관계였다. 그녀는 어째서인지 룬을 슬며시 피했다. 룬이 살갑게 말을 걸어도 짧게 대답하는 게 전부였고 먼저 말을 걸어 오는 경우는 더더욱 없었다.

대체 그녀가 왜 그러는지 이해를 할 수가 없었다. 하지만 분명한 건 그녀가 룬을 피하고 있다는 사실이었다. 룬은 괘씸한 마음보다는 그녀의 의사를 존중하여 더 이상 그녀에게 가까이 다가가려 노력하지 않았다.

"이런 늦겠군. 리오도르님이 또 경을 치시겠어."

어느덧 시간은 6시를 넘어가려 하고 있었다. 리오도르는 시간관념이 철저한 사람은 아니지만 수련시간만큼은 굉장히 깐깐했다. 룬은 부리나케 연무장으로 달려나갔다. 연무장에는 이미 리오도르와 에일리아가 와 있었다.

"늦었구나. 이리 오거라."

룬은 리오도르보다 연무장에 늦게 도착한 게 미안했던지 과장되게 그에게 달려갔다.

룬과 에일리아가 나란히 서자 리오도르가 입을 열었다.

"오늘은 둘이 대련을 할 것이다."

"예?"

반응을 보인 건 에일리아였다. 그녀는 어렸을 적부터 검을 체계적으로 익혔고 또래에 적수가 없을 정도로 뛰어난 검사였다.

그런 에일리아와 이제 갓 검술을 배우기 시작한 초보검 사와 대련을 하라니. 어른과 아이가 붙는 것만큼이나 무모한 대련이다. 특히 에일리아의 입장에서는 자존심이 상하는 일이었다.

하지만 그런 에일리아의 마음을 아는 지 모르는 지 리오 도르는 별로 대수롭지 않은 얼굴이었다.

"왜? 혹시 이제 막 검을 잡은 초보에게 질까봐 겁이라도 나는 거니?"

에일리아는 대답하지 않았다. 대답하는 것조차 자존심이 상하는 일이었다. 대답은 하지 않았지만 그녀의 표정은 더없이 굳어졌다. 만약 리오도르가 에일리아의 성을 돋워 룬에게 맹공을 퍼붓게 할 작정이었다면 제대로 성공한 셈이었다.

"그게 아니라면 한 번 해보거라. 정적인 검술수련에는 한계가 있어. 실제로 치고 박고 싸우는 모습을 봐야 얼마나 진전이 있었는지 또 부족한 게 무엇인지 잘 알수 있는 법이지."

"좋아요. 할게요."

에일리아의 눈에는 거의 불꽃이 튈 지경이었다. 룬은 리오도르가 왜 저런 말을 하여 에일리아의 성질을 돋구는 지 눈치챘기에 마음의 준비를 하고 있었다.

"자 그럼 나는 이만 물러나 줄테니 둘이 한바탕 신나게 싸워보려무나. 아, 그리고 순수하게 검술만을 겨루기 위한 시간이니 마나의 운용은 하지 않는 것으로 하자."

에일리아는 당연하다는 듯 고개를 끄덕였다. 굳이 리오도르의 말이 아니라도 룬에게 마나를 운용한다는 건 자존심이 허락지 않았다.

리오도르는 둘의 대련을 위해 뒤로 물러났다.

룬. 에일리아. 서로가 상대방을 응시했다. 그러고 보니 아카데미에 와서 이렇게 에일리아가 룬을 정면으로 응시한 것은 처음이었다. 그게 하필 대련을 하기 전이라니 참으로 공교로웠다.

"염치불구하고 제가 먼저 선공하겠습니다."

룬이 고개를 숙인 뒤 에일리아에게 쇄도했다. 룬은 과거 사부와 많은 대련을 치렀다. 그리고 사부는 항상 세 번의 공격을 먼저 룬에게 허락했다. 고수가 하수에게 베푸는 일종의 아량 같은 것이었다.

에일리아는 생각보다 룬의 움직임이 빠르자 흠칫 했다. 하지만 생각보다 빠를 뿐 위협적인 것은 아니었다. 여유롭게 검을 막은 그녀는 바로 반격해 들어갔다. 자존심이 많이 상해 있는 탓인지 그녀의 손속은 제법 매서웠다.

룬은 자신의 배를 찔러오는 그녀의 검을 옆으로 피하며

몸을 회전시켰다. 동시에 검을 뻗자 그 나름대로 공격이 되었다. 에일리아는 고개를 살짝 숙여 룬의 검을 피했다. 그리고 곧바로 룬의 배를 다시 노렸다. 룬은 검을 세워 그녀의 검로를 가로막았다.

손바닥만큼이나 폭이 좁은 검으로 상대방의 날아오는 검을 막는 것은 굉장히 상승 검술이었다. 리오도르가 아직 일러준 적도 없는 검술이기도 했다. 하지만 룬은 너무도 익숙하게 그 동작을 해냈다. 이는 사부가 자주 사용했던 방법으로 룬도 사부와의 대련을 통해 자연스레 습득한 것이다.

룬이 정교한 검술로 자신의 검로를 막자 에일리아는 조금 당황했다. 하지만 지금은 대련중이었다. 금세 마음을 추스른 그녀는 손목을 살짝 틀어 룬의 검을 지나쳐 찔러 들어갔다. 차르르륵. 검이 마찰하며 듣기 싫은 소리를 냈다.

룬은 자신의 배에 에일리아의 검이 닿기 전에 에일리아와 마찬가지로 검을 에일리아쪽으로 겨누었다. 에일리아의 검은 룬의 검병에 걸려 더 이상 나아갈 수 없었다.

서로의 검이 묶인 상황. 기회는 지금뿐이라 생각한 룬은 검을 놓고 에일리에게 몸을 날렸다. 그녀는 검을 버리고 공격해 오리라고는 전혀 생각도 못하고 있던 터라 상당히 당황했다.

하지만 그녀는 노련한 검사답게 한 발 물러서는 것으로 룬의 쇄도를 무마시켰다. 룬은 떨어지는 검을 바닥에 닿기 전에 집었다. 그 찰나의 순간을 놓치지 않고 에일리아가 룬의 어깨를 향해 검을 휘둘렀다.

그런데 그 순간이었다. 에일리아의 시야에서 룬이 완전히 사라져 버렸다. 언제 움직인 것인지 룬은 한참이나 뒤로 물러나 있었다. 놀랄 일은 그뿐만이 아니었다. 한참이나 뒤로 물러서 있던 룬의 신형이 어느새 에일리아의 코앞까지 당도해 있었다. 룬의 검은 에일리아를 향하고 있었다.

"앗."

에일리아는 거의 반사적으로 검을 휘둘렀다. 반사적으로 휘두른 것이나 그간의 노력이 헛되지 않았는지 정확히 룬의 배로 검이 향했다.

헉 하는 소리와 함께 룬이 뒤로 넘어졌다. 룬이 쓰러지면서 주위의 먼지가 일어났다. 날이 무딘 연습용 칼인데다 보호장비를 끼고 있었기에 큰 부상은 없었다. 하지만 바닥에 부딪치는 것까지 아무런 충격이 없지는 않았다.

"승부가 났구나."

어느새 리오도르가 다가왔다.

"감정의 동요를 느끼면서도 검을 드니 평정심을 잃지 않았구나. 상대방의 실력이 미천함을 알고도 방심하지 않고, 또 예상보다 강해도 당황해 하지 않았어. 마지막의 반사적인 움직임은 이미 네가 훌륭한 검사가 되었다는 것을 말해주는 구나. 과연 토레논의 핏줄이야."

리오도르는 느낌 점을 그대로 입밖으로 꺼냈다. 굳이 칭찬을 하기 위해 일부로 좋은 점만 본 게 아니었다. 좋은 점만 보였기에 칭찬만 한 것이었다.

에일리아는 그런 리오도르의 평이 싫지 않은지 살짝 미소지었다.

"너는 언제까지 꾀병을 부리고 있을 테냐?"

리오도르가 대자로 뻗어 일어나지 않고 있는 룬을 보며 말했다. 룬은 어영부영 일어섰다. 아픈 것 보다는 민망함에 일어서지 못하고 있던 것이다.

"아무리 대련용 검이지만 맞으면 아프다고요."

룬이 괜히 투덜거렸다.

"대련하는 걸 보니 생각보다 실력이 더 좋아졌구나."

그 점은 룬도 어느 정도 동감했다. 룬은 마법을 완전히 배제하고 사부가 일러준 체술만 가지고 대련에 임했다.

그리고 순수 체술만 가지고 상대한 것 치고는 놀랄 정도로 꽤 잘 버텼다고 생각했다. 잘 버틴 것은 물론 마지막에 반격까지 하지 않았는가. 에일리아의 검에 의해 무산되기는 했지만 말이다.

아무튼 생각처럼 그렇게 일방적인 대련은 아니었다. 그것은 에일리아도 마찬가지로 생각했던지 룬과 대련한다는 것 자체를 불쾌해 하던 그녀의 얼굴이 조금은 풀려 있었다. 오히려 룬의 맹공에 조금 놀란 듯 보이기도 했다.

"마지막의 움직임은 누구에게 배운 것이냐? 나는 그러한 걸 가르친 적이 없는데."

리오도르의 가르침을 벗어난 움직임은 비단 그 뿐만이 아니었다. 룬의 실력이라면 절대 피할 수 없는 에일리아의 맹공을 기묘한 움직임으로 계속 피하고 있었다.

"혹여 이곳에 오기 전 누구에게 검술을 배운 적이 있느냐?"

"음."

룬은 리오도르의 말에 어떻게 대답할까 고민했다. 그가 왜 이런 질문을 던지는 지 어렴풋 느낄 수 있었다.

룬은 직접적으로 검술을 배운 적은 없었다. 하지만 사부에게 각종 마나술을 배웠다. 특히 윈드워크같은 체술은 마법사보다 기사가 가져야할 덕목에 가까운 것이었다.

더욱이 룬은 사부와의 수많은 근접전을 통해 많은 실전 감각을 익혔다. 검을 들지 않았다 뿐이지 룬은 이미 사부를 통해 간접적인 수련을 하고 있던 것이다.

"사실 예전 누군가에게 몇 가지 기술들을 배우기는 했

어요. 하지만 직접적으로 검술을 배운 건 아니에요."

룬은 솔직하게 털어놓기로 했다. 그래야 자신이 운신을 하는 데 좀 더 편할 것 같다는 생각이 들었다. 중간에 환생이라는 기이한 일을 적당히 각색하는 정도에서 그 편이 좋을 듯싶었다.

"몇 가지 기술?"

"예. 빠르게 움직이는 법이라든지, 몸을 기이하게 움직여 상대방을 현혹시키는 법이라든지. 뭐 그런 것들이었어요. 그분은 그런 기술에 하나하나 이름을 붙였지만 발음하기가 어려워서 전 그냥 사용했어요."

"그런 것을 배웠으면서도 어째서 그동안은 사용하지 않았던 것이냐?"

"배우긴 배웠지만 그 동안은 그것을 실현할 만큼 몸이 따라 주지 않았어요. 그러다 근래에 리오도르님께 수련을 받으면서 자연스럽게 그때 배웠던 기술들을 사용할 수 있게 됐나봐요."

"검술은 이론보다는 실전이 중요한 데 너는 그 반대로구나."

룬의 말에 석연치 않은 부분이 많았으나 리오도르는 별로 대수롭지 않게 여기는 듯 했다. 사실 그가 진정 궁금했던 것은 따로 있었다.

"혹여 그분의 인상을 기억하느냐?"

룬이 옛 사부의 얼굴을 떠올렸다. 검은 머리에 검은 눈동자를 한 사부는 나이는 굉장히 많았지만 이십대의 젊은 모습을 유지했다. 피부는 희고 고았으며 굉장한 미남자였다. 체격은 호리호리하고 키는 룬과 엇비슷한 180정도였다.

"혹여 검은 머리에 검은 눈동자를 하고 있지 않았느냐?"

"그걸 어떻게."

이번에는 룬이 놀랐다. 사부는 평소 염색을 하고 마법으로 눈동자를 푸르게 하고 다녔다. 10년여의 시간 동안 룬이 사부의 진짜 모습을 본건 손에 꼽을 정도였다.

룬의 반응에 리오도르의 얼굴에도 놀라는 기색이 떠올랐다. 설마 했던 것이 현실이 된 사람처럼.

그는 예전부터 내려오는 전설같은 이야기 하나를 떠올렸다. 검은 머리에 검은 눈동자를 가진 검사가 나타나 신묘한 검술로 마왕을 물리치고 세상을 구한다는 동화같은 이야기였다.

허무맹랑한 이야기지만 검사들 사이에서는 은연중 검은 머리와 검은 눈동자를 가진 사내에 대한 이야기를 진실로 받아들이고 있었다. 마왕을 물리쳤다는 허무맹랑한 이야기를 믿는게 아니라 그만큼 뛰어난 검술을 구사한다는 것을 믿는다는 뜻이었다.

리오도르는 현실적인 사람이고 미신같은 것을 신뢰하지

는 않았다. 하지만 그 이야기는 굳게 믿고 있었다. 검사로써 동화같은 동심을 가지고 있기 때문은 아니었다.

막 20살이 되어 검술에 절정에 치달은 젊은 시절. 하늘 무서운 줄 모르고 자신이 최고라 자만하던 그 때. 그는 한 명의 검사를 만났다. 검은 머리에 검은 눈동자를 한.

그리고 보았다. 눈앞에서 펼쳐지는 검의 환영을. 그때의 그 모습은 아직도 있을 수 없는 충격과 공포였다. 한껏 거만해진 자신을 다시 초심으로 이끌게 해준 계기를 마련해 주기에 충분할 만큼.

믿을 수 없지만 그때의 그 검의환영을 룬에게서 보았다. 검은 머리의 검사와는 비교할 수 없을 정도로 어설프지만 분명한건 그의 모습이 엿보였다.

그리고 그것은 오늘 에일리아와의 대결에서 더욱 뚜렷하게 나타났다.

"혹여 그분에 대해 아시나요?"

"아니, 아니다."

리오도르는 거의 반사적으로 무엇에 쫓기는 사람처럼 대답했다. 그 후로 리오도르는 한참동안이나 말이 없었다. 무슨 생각을 하는지 얼굴은 굳어 있었다. 긴 침묵이 이어졌지만 룬은 평소와 다르게 감히 그에게 말을 걸 엄두를 내지 못했다. 한참이 지나서야 리오도르가 다시 입을 열었다.

"그가 누구인지 모르겠지만 너에게 천운이 따른 건 분명한 거 같구나."

그래플아카데미 최고의 검수. 어쩌면 왕국에서 가장 강할지도 모를 검사가 천운이라 말한다.

리오도르의 말에 룬은 문득 생각에 잠겼다. 룬은 그동안 사부에게서 마법을 배웠다고 생각했다. 마법을 사용하기 위해 마나연공법을 배웠고 또 마나의 운용을 배웠다. 그 과정에서 부산물적인 기술들을 배웠다.

하지만 이건 철저히 룬 본인의 관점에서 본 것이다. 리오도르는 룬이 검술을 배운 것이라고 말하고 있지 않은가. 누가 잘 못 본 것일까. 아니다, 둘 다 제대로 본 것이다. 다만 룬은 큰 그림 중 마법을 본 것이고 리오도르는 검술을 본 것이다.

사부는 룬에게 마법을 가르친 것이 아니다. 총체적으로 '마나를 다루는 법'을 가르친 것이다. 마법은 마나를 다루는 기술 중에 하나인 것이고, 마나술도 그들 중 하나인 것이다.

여태까지는 이런 생각을 한 적이 없었다. 하지만 이에 대해 자각을 하게 되니 이제는 알 것 같았다. 사부는 그림을 그릴 수 있는 하얀 도화지를 선물해 주었고 룬은 그곳에 마법을 채워 놓은 것일 뿐이다.

'그랬구나. 그랬던 거였어.'

아무리 해도 넘을 수 없었던 9써클의 벽. 룬은 깨달았다. 그 벽을 가로막고 있었던 것은 누구도 아닌 바로 자신이란 걸. 그것을 깨달은 지금 룬은 새로운 세계로 빠져들었다.

룬의 주위에 순간 마나의 파동이 일었다. 거대한 회오리가 룬을 중심으로 일어나 룬을 감쌌다. 룬을 집어 삼킨 마나의 파동은 곧 폭발하듯 주위에 발산했다. 그 과정에서 눈부신 빛이 세어 나와 온 주위를 비쳤다. 리오도르와 에일리아는 감히 눈을 뜨지 못했다.

룬은 그 자리에 그 모습 그대로 있었다. 변한 것은 하나도 없는 것처럼 보였다. 하지만 룬은 모든 것이 새롭게 보였다.

룬은 깨달았다. 그 동안 자신은 자만했으며 8써클의 경지에 오른 적이 없었다. 그저 7써클보다 상위의 마법을 사용했기에 8써클에 올랐다 생각했을 뿐 실제로는 그 근처도 가보지 못한 것이다. 근처도 가보지 못하였기에 8써클이 어떠한 경지인지 몰랐고 그렇기에 오만한 착각을 한 것이다.

그렇다면 지금은 어떨까? 아쉽지만 한 단계 문턱을 넘어선 룬은 오히려 이전보다 더 아득히 먼 벽을 보아야 했다. 그전에는 8써클의 벽을 볼 수도 없을 만큼 저 멀리 뒤쳐져 있다면, 지금은 그 벽이 얼마나 거대한지 볼 수 있을 만큼 앞으로 왔을 뿐이었다.

룬은 주위를 둘러보았다. 리오도르와 에일리아가 멍한 듯 자신을 보고 있었다. 룬은 그저 어설프게 웃는 것으로 둘의 멍한 반응에 답했다. 그 외에 어떤 방법으로 이 상황을 설명해야 하는지 떠오르질 않았다.

❖

토레논의 집무실에 웬일로 리오도르가 찾아왔다. 평소 그가 찾아오는 일은 매우 드물었기에 조금 의아해 했지만 손수 일어나 반갑게 맞이했다.

"자네가 이곳까지는 어쩐 일인가."

"딸 아이를 맡겼으면 아비된 자로써 그의 스승에게 인사치례는 하는 게 도리지. 내가 직접 이렇게 찾아오게 만드나."

"이런. 나는 그저 자네에게 부담을 주기 싫었을 뿐이네. 아무튼 미안하게 됐네. 자, 앉게나."

토레논이 중앙쇼파에 앉았다. 리오도르는 그의 좌측에 자리 잡고 앉았다.

"우리 아이는 잘 하고 있나?"

"물론일세. 에일리아는 최소한 검에 관해서는 흠잡을 곳이 없는 아이야. 불경스러운 말이나 검술적인 재능만 놓고 보면 데이미안님보다 절대 아래가 아니야. 만약 남자로 태어났더라면…."

"사람. 아직도 여자라고 안 된다는 그런 구식적인 사고를 가지고 있다니."

"그냥 남자였다면 더 좋았을 걸 하고 하는 말이네."

리오도르는 부모 앞에서 자식의 험담을 늘어놓은것 같아 조금 미안한 표정을 지었다.

"그보다 이곳엔 진짜 어쩐 일인가? 내 딸아이의 안부쯤을 전하고자 왔을 리는 없을 테고."

"날 너무 매정한 사람으로 보는구만."

그렇게 말하고 보니 스스로를 매정한 사람으로 매도하는 꼴이 되는 것 같아 리오도르는 잠시 뜸을 들였다. 토레논의 말대로 다른 이유기 있었던 것이다.

"일전에 잭스라는 그 친구와 대련 벌이다 한 가지 깨달음을 얻었다고 하지 않았나? 그에 대해 다시 좀 듣고 싶어 왔네."

"흐음. 그때의 일이라…."

하며 토레논은 그때의 일을 상기하려는 듯 눈동자를 오른쪽으로 굴렸다.

"어느 날은 문득 이런 생각이 들더군. 나와 대련을 벌이고 있는 저 친구는 마법사인가, 아니면 검사인가. 나는 쉬이 결론을 내릴 수 없었네. 그 친구는 마법사지만 몸놀림이 웬만한 기사 못지 않았거든. 그 생각은 거의 한달동안이나 지속됐지. 그리고 마침내 알게 되었네."

리오도르가 토레논의 말에 경청한 듯 침을 꿀꺽 삼켰다.

"만류귀종. 그가 마법사인지 검사인지는 중요한 게 아니었어. 어느 분야든 최고로 치닿으면 결국 한길로 통한다는 이치를 깨달은 거지. 아쉽게도 그 일이 있고 얼마 후 그 친구가 갑자기 세상을 떠났다는 믿지 못한 말을 들었지. 내가 겪었던 일을 그 친구에게 꼭 말해주고 싶었는데…."

토레논은 잭스를 떠올려서 인지 얼굴에 회환이 젖어 있었다.

"그런데 갑자기 그건 왜 묻나?"

"그게 말일세…."

리오도르는 에일리아와의 대련 직후 룬이 겪었던 일을 그대로 토레논에게 설명해주었다. 토레논은 믿을 수 없다는 얼굴을 하다 이내 수긍하는 빛을 보였다.

"흐음…."

토레논이 낮게 신음했다.

"어떤가? 자네가 그때 겪었던 현상과 비슷하지 않나?"

"직접 본 게 아니라 딱 잘라 말할 수는 없으나 자네말만 가지고 판단하자면 그렇다고 할 수 있겠군."

토레논은 리오도르의 얼굴에서 수심을 발견했다.

"자네는 자네의 제자가 그런 깨달음을 얻었다는 데 어째서 그런 얼굴을 하는 겐가?"

"나보다 상승의 깨달음을 얻은 놈을 제자라고 붙들고 있어야 하는 게 마음에 걸려서 그러네."

"이런. 그게 무슨 되도 않는 생각인가. 그 아이가 설령 자네보다 상승의 깨달음을 얻었다고 하여, 자네보다 뛰어난 검술을 구사할 수 있는 건 아니네. 그 아이는 비록 그릇은 크나 그 안에 아직 아무것도 담아내질 못했어. 어쩌면 이전보다 그 아이에게 자네가 더 필요할지 모른다는 말일세."

"자네는 유독 그 아이를 두둔하는군."

토레논은 그 말에 동의하는 지 아무런 대답도 하지 않았다.

"자네 말은 일리가 있네. 일전에 검은머리에 검은 눈동자를 한 검사 이야기를 한적이 있지 않나?"

토레논이 고개를 끄덕였다.

"아무래도 그 아이가 그분에게 검술을 하사받은 것 같네. 얼마나 많은 가르침을 받았는지는 모르겠지만 그건 분명한 것 같네."

"자네가 그토록 찾아 다니던 그 분에게 검술을 배우다니…. 실로 놀랄 일이군. 허나, 그것이 지금 상황과 관련이 있나?"

"그 아이가 내 곁에 있기를 원한다면 아무문제 없겠지만 시작부터 억지로 끌어들인 것이라 아무래도 마음에 걸려.

이전에는 그래도 내가 도움이 될 수 있다는 생각에 붙잡아
둘 수 있었지만 이제는 그런 것도 아닌 것 같아서 말이야."

"그렇다면 터놓고 그 아이에게 의사를 묻는 건 어떤가.
지금이라도 떠난 다면 보내주는 게 순리겠지. 아니. 애초
에 오기 싫어하는 아이를 붙잡아 두는 것 자체가 그릇 된
생각이었을지도 몰라."

"자네 말이 맞네."

"하지만 내 개인적인 생각으로 그 일은 그냥 모른 척 넘
어가는 것이 좋을 거란 생각이 드네. 본인의 일은 본인이
결정해야 하는 게 순리겠으나 때에 따라선 어른들이 올바
른 길을 갈 수 있도록 인도해주는 것도 도리라 생각하네.
내가 볼 때 그 아이가 어떠한 경지에 올랐든 자네는 여전
히 많은 도움을 줄 수 있을 거야."

"흠."

당장 결정을 내릴 수 없는 것인지 리오도르가 크게 한숨
을 쉬었다.

"그리 급한 건 아니니 천천히 시간을 두고 생각해 보게
나."

"알겠네."

대화를 하고 나서인지 리오도르의 표정은 한결 밝아져
있었다.

"그나저나 자네가 그토록 찾던 그 검사의 행방을 알게

됐으니 참으로 기쁜 일이구먼."

"그렇긴 한데 막상 그분의 행적을 알게 되니 도리어 허무한 마음이 들더군. 내 나이가 조금 있으면 50인데, 그 분을 찾아가 뭘 하겠나? 그때 봤던 풋내기 검사가 이만큼 성장했습니다. 라고 자랑이라도 한단 말인가. 아니면 이제와 배움을 청하겠는가."

"그럼 그 아이에게 아무것도 묻지 않을 겐가?"

"그래. 그냥 내 젊었을 적 좋은 추억으로 간직하고 싶네."

리오도르의 얼굴에 왠지 모를 아쉬움이 서려 있었으나 토레논은 짐짓 모른 척 넘어갔다.

"그건 그렇고 데이미안님과의 혼사는 잘 진행되고 있나?"

"물론일세. 무엇보다 서로에게 호감이 있는 것 같아 다행이야."

"자네는 역시 서로의 의사를 제일 존중하는 군. 그럼 만약 에일리아가 다른 이에게 마음을 준다면 어찌 하겠는가?"

"갑자기 얼토당토않게 그게 무슨 말인가?"

토레논의 심기가 불편한 것인지 언성이 조금 높아졌다.

"아니, 아닐세. 그냥 한 번 물어나 본 것일세…."

❖

깨달음을 얻은 후에도 룬의 마나는 크게 변하지 않았다. 이전의 5할 정도의 수준. 마나의 질도 다를바 없었다.

하지만 마나의 회오리 덕분에 대주천이라 불리던 상급 마나홀까지 마나의 길이 뚫렸다. 상급마나홀은 이전에도 다다르지 못했던 경지였다.

새로운 경지에 들어선 룬은 새로운 마나의 길을 보았다. 여태껏 사용하지 못했던 마법 한 두 개를 더 사용할 수 있다는 것이 아니었다. 이전과는 다른 총체적으로 마나의 흐름을 알게 되었다는 뜻이다.

룬은 마나연공을 끝내고 자리에서 일어났다. 그리고 이전까지 생각만 해오던 상상의 나래를 펼치기 위해 준비를 했다. 제일 처음 시도한 것은 파이어소드였다.

"파이어소드"

룬의 외침과 함께 손에서 거대한 화염의 검이 생겨났다. 오러에 화염의 기운을 덧씌운 것과 흡사했다. 위력도 그만큼 강했다. 다만 오러는 검을 매개물로 하지만 파이어소드는 순수 룬의 마나의 응집체라는 점이 달랐다.

검사들과 유독 근접전을 많이 펼쳤던 룬이기에 그들의 검과 맞설 수 있는 무언가가 있었으면 좋겠다는 생각에 창안했던 마법이었다. 7써클의 마법이었기에 사용할 수 없다가 상급마나홀이 열리면서 다시금 사용할 수 있게 되었다.

'흐음. 역시 마나의 소모가 너무 크군. 이래가지고는 사용할 수 있어도 전혀 써먹질 못하겠어.'

룬의 마나의 양은 깨달음과 상관없이 이전의 오할정도 밖에 되지 않았다. 그러다 보니 상승마법인 파이어소드를 오래 지속하기란 무리가 있었다.

룬은 파이어소드 외에도 네오 체인라이트닝과 일루젼과 같은 상승마법을 몇 개 더 시전해 보았다. 단순히 시전만 해보고 발산하지는 못했다. 7써클의 위력이면 결계가 깨질 위험이 있기 때문이다.

룬은 단순히 시전을 하는 것만으로도 마나의 소모가 너무 극심해 몇 번 해보고 초주검이 되어야했다.

룬은 상승마법을 사용하는 것을 멈추고 마나술로 생각을 돌렸다. 윈드워크나, 윈드핑거, 마나파동과 같이 이전에도 사용할 수 있었던 것은 굳이 답습하지 않았다.

대신 과거 시절에도 사용하지 못했던 좀 더 상승 마나술을 떠올렸다.

"허공 뭐라고 했던거 같은데."

이름은 잘 기억이 나질 않았다. 하지만 사부가 어떻게 했는지는 기억이 났다. 쉽게 말해 하늘을 걷는 수법이었다.

룬은 마치 보이지 않는 구름다리를 오르는 듯 하늘을 향해 올라갔다. 한 계단 한 계단 오를 때마다 룬은 묘한 기분에 사로잡혔다.

룬이 허공을 오르는 이 수법은 마법이 아니다. 하지만 마나를 운용한다는 점에서 마법과 대동소이했다. 그렇다면 둘의 차이는 무엇일까? 룬은 여기에 답할 수 없었다. 그 모든 것은 마나를 운용한다는 점에서 같은 이치를 가지고 있었다.

이를 깨달았기에 새로운 경지에 접어 들 수 있었던 건지, 아니면 새로운 경지에 접어 들었기에 알게 된 건지 룬도 정확히 알지 못했다. 다만, 리오도르의 말에 깨달음을 얻은 직후 마나의 폭풍이 일어났으니 깨달음이 먼저일 거라 생각할 뿐이었다.

'섭물…뭐더라. 그런 것도 있었는데.'

이번에는 다른 마나술을 사용했다. 주위의 물건을 자신의 손으로 끌어오는 수법이었다. 룬이 사부가 사용하던 그 기술을 떠올리며 재간을 부리자 주위에 있던 돌맹이 하나가 손에 날아왔다.

'하 신기하단 말이야. 그전에는 죽어라 시도해도 되지 않던 것들이. 이제는 너무나 자연스럽게 되다니.'

그때는 이들을 좁은 시야로 보았기에 그 이치를 깨달을 수 없었다. 하지만 고정관념을 한꺼풀 벗기고 보니 이 모든 게 가능해졌다. 손바닥으로 가렸을 때는 보이지 않던 태양이 이제는 훤히 보이는 느낌이었다.

'그 동안 왜 중첩캐스팅을 할 수 없었는지 이제야 알겠군.

상승 마나술을 시험해보던 룬은 이번에 중첩캐스팅으로 신경을 돌렸다. 중첩캐스팅은 재배열시킨 마나를 다시 재배열하여 마법을 중첩시키는 것이었다.

"매직미사일."

룬이 허공에 매직미사일을 생성했다. 초록색의 작은 구름이 떠다니는 듯 했다. 룬은 그 매직미사일을 그대로 둔 채 다시 매직미사일을 재배열했다. 그러자 매직미사일의 색이 좀 더 짙어 지며 작은 빛이 났다.

"성공이군."

중첩캐스팅에 성공한 요인은 의외로 간단했다. 이전에는 단일 서클로 마나를 재배열 했다면 이제는 두 개의 써클을 동시에 활용했기 때문이다. 마나의 길이 완전히 뚫리지 않았던 이전에는 불가능했는데 이제는 가능해졌다.

룬은 한번의 중첩캐스팅에 그치지 않고 다시 세 개의 써클을 동원해 마나를 재배열했다.

우웅—

매직미사일이 조금 커지면서 더욱 짙어졌다. 룬은 여기서 다시 한번 매직미사일을 중첩시켰다.

우웅—

크기는 거의 사람 머리 만해졌으며 풀을 빻은 거 처럼 거무죽죽한 색깔로 변했다.

"좋아. 위력을 한 번 볼까."

이론상 중첩캐스팅한 매직미사일의 위력은 본래의 여덟 배에 달해야 했다.

룬은 매직미사일은 날림과 동시에 3m정도 앞에 베리어를 시전했다. 이론상으로라면 중첩캐스팅한 매직미사일은 5써클마법인 베리어를 간신히 뚫을 정도여야 했다.

펑—

매직미사일이 아니라 거의 폭탄이 터지는 듯 한 소리가 났다. 배리어는 너무도 쉽게 무산됐으며 매직미사일에 맞은 바위는 흔적조차 없었다.

그 여파로 룬이 만들었던 결계는 허무하게 사라져 버렸다.

'이런.'

예상치 못한 상황에 크게 당황한 룬은 재빨리 결계를 다시 만들려 했다. 하지만 마나가 텅 비어 버리는 바람에 뜻을 이룰 수 없었다.

"우선 마나연공부터 하고 마법의 흔적을 지워야 되겠군."

하지만 그 마저 여의치 않았다. 어느덧 마법의 기운을

느낀 아카데미관계자가 공터에 오고 있었기 때문이다.

룬은 수습을 할 새도 없이 공터를 빠져나왔다.


"후."

공터를 빠져 나온 룬은 안도의 한숨을 내쉬었다.

'중첩캐스팅의 위력이 생각보다 엄청나구나.'

배리어를 뚫고 결계까지 깨졌다는 건 최소한 7써클의 위력은 넘는 다는 뜻이었다. 이론상 매직미사일의 8배에 달하는 정도여야 하나 실제로는 그보다 훨씬 강력한 위력을 자랑했다.

'숙달만 된다면 유용하게 쓰일 수 있겠어.'

7써클마법은 캐스팅하는 데 상당한 시간이 걸리고 마나의 소모 또한 극심했다. 캐스팅도중에 방해를 받는다면 그 시간동안 해왔던 것이 무산 된다는 커다란 위험도 있었다.

반면 중첩캐스팅은 저써클 마법이라 캐스팅이 수월하며 무엇보다 마나의 소모가 훨씬 적었다. 그리고 중간에라도 언제든 마나의 재배열을 멈추고 사용할 수 있다는 장점이 있었다.

중첩 캐스팅만 자유자재로 활용할 수 있다면 저써클의 편리함과 고써클의 파괴력을 동시에 달성할 수 있었다.

'아틀란드….'

생각을 정리하던 룬은 문득 아틀란드가 떠올랐다. 그에 대해서는 한시도 잊은 적이 없었다. 자신의 배에 칼을 찔러 넣은 자를 어찌 잊을 수 있겠는가.

하지만 힘이 없으면 복수든 뭐든 아무것도 할 수 없기에 그 동안 의도적으로 그에 대해 생각하지 않고 있었다. 그러다 힘이 생겼다는 자각이 생기니 그가 자연스레 떠오른 것이다.

'아니야. 아직 복수를 생각하긴 일러.'

물론 이 정도의 힘이라면 아틀란드 하나 정도는 어찌 할 수 있을 것이다. 운이 좋다면 그의 배후들까지도 가능할지 모른다.

하지만 그 후에는? 동귀어진을 하는 거라면 복수가 무슨 의미가 있을까.

'힘을 더 길러야해. 그들을 완전히 없애고, 나는 온전할 수 있을 만큼.'

여기까지 생각한 룬은 아틀란드에 대한 생각을 접었다. 복수심과 같이 좋지 못한 감정은 빨리 추스르는 것이 정신 건강에 이로웠다.

산책을 하던 리오도르는 뒷산에서 들리는 마나의 파동

에 그곳으로 달려갔다. 그가 공터에 당도했을 때는 이미 아무도 없었으며 마나의 흔적만 남아 있는 상태였다.

"리오도르님께서도 마나의 파동을 느끼셨군요."

리오도르에 이어 누군가도 마나파동을 느끼고 이곳에 찾아왔다,

"아, 에르델리아님."

에르델리아는 그래플아카데미의 수석마법교관이었다.

"엄청나군요. 마법의 힘에 의해 바위가 완전히 녹아 내렸어요. 그 여파로 주변에는 커다란 웅덩이가 생겼군요."

"무슨 마법인지 감이 오십니까?"

"글쎄요."

그녀의 현재 경지는 5써클이었다. 그 이상의 대마법사는 흔치 않기에 아무리 그녀가 그래플아카데미의 마법교관이라고 해도 상승마법은 몇 번 본적이 없었다.

"어떤 마법서를 봐도 이런 효과를 내는 마법은 없어요. 바위가 녹을 정도면 엄청난 화염마법이 유력하겠지만, 그렇다면 이 주변이 폐허가 될 정도로 폭발이 있어야 하는데 작은 웅덩이만 생겼죠."

"어쩌면 마법이 아닐 수도 있겠군요."

리오도르는 웅덩이에서 시선을 돌려 다른 곳을 살폈다. 대마법 말고도 자잘한 마법의 흔적들이 이곳저곳에 보였다.

리오도르가 유심히 본 것은 송곳으로 찌른 듯 구멍이 뚫려 있고 손바닥 자국이 남아 있는 바위였다.

바위 옆에는 발자국들이 즐비했다. 워낙 덕지덕지 자국들이 붙어 있지만, 굉장히 체계적이고 숙련된 자의 움직임이라는 것을 알 수 있었다.

리오도르는 발자국의 위치를 보며 그 사람의 움직임을 머릿속으로 구현해 냈다. 그리고는 문득 누군가가 떠올랐다.

검은 머리의 검은 눈동자를 한 검사.

그리고 룬.

룬이 깨달음을 얻은 시기와 지금의 사건이 발생한 시기가 묘하게 맞물렸다.

"뭐라도 찾으셨나요?"

에르델리아가 곰곰이 생각에 잠겨있는 리오도르를 보며 말했다.

"아닙니다."

"정말 엄청나요. 엄청난 마법들이 이곳에서 이뤄졌어요. 흔적을 봤을 때 거의 동시에 이뤄진 것들이죠. 이렇게 빠르게 마나를 재배열할 수 있는 마법사가 존재하다니... 믿을 수가 없어요. 더 놀라운건 이런 마법들이 펼쳐지는 동안 주변에 아무런 낌새도 없었다는 점이예요."

에르델리아는 놀라운 듯 주변을 계속 돌아봤다.

"꼭 마법의 흔적만 있는 건 아닙니다."

"예?"

"이 바위를 보십시오. 날카로운 것에 찔린 흔적과 손바닥 자국입니다. 또한 바닥에는 날렵한 움직임의 흔적이 남아있고요."

"흠... 확실히 리오도르님의 말대로군요. 그럼 이곳에 최소한 두 명의 사람이 있었다는 말이 되나요. 혼자서 이 모두를 할 수는 없었을 테니까요."

"그럴지도 모르죠."

'어쩌면 아닐 수도….'

어느새 에르델리아외에도 다른 마법교관과 검술교관도 공터로 달려왔다. 그들은 공터에 남겨진 흔적들을 보며 심상치 않은 얼굴들을 하고 있었다.

하지만 어느 것 하나 확실한 것이 없었다. 무엇에 의한 흔적이며, 누가 만든 것이며, 왜 이런 흔적을 남긴 것인지.

❖

룬이 아카데미에 온지도 일주일이 조금 넘었고 두 번째 역사수업시간이 찾아왔다.

역사교수는 주름이 자글자글했고 백발이 무성했다.

수염은 거의 목 밑까지 닿을 정도로 기른 것이 그냥 딱 봐도 역사교수와 같이 고지식한 모습이었다.

"귀족의 미들네임은 원래 지위를 나타내주는 것이 아니라 지역을 나타내 주는 것이었단다. 가령 '폰' 이라는 건 지금은 공작을 뜻하지만 이전에는 폰로이스 지방의 사람 이란 걸 뜻한 거였지. 과거에는 이름이 거의 없었어. 그래서 나무꾼 존. 대장장이 존. 나무꾼 존의 아들. 이런 식으로 불렀지. 그래서 구분을 위해서 자기를 나타내줄 미들네임이 필요했던 거야."

"그런데 지금은 어째서 미들네임이 지위를 나타내 주는 게 된 거죠?"

역사교수의 수업을 듣고 있던 한 학생이 질문을 던졌다. 그는 다름 아닌 룬이었다. 역사교수는 룬의 질문에 흐뭇한 미소로 화답했다. 자신의 수업을 집중해서 들어주는 학생 만큼 교수에게 뿌듯함을 주는 일은 없었다.

"그건 바르텐대제가 전 대륙을 통일하면서 부터였지. 전 대륙을 통일 할 당시 그의 측근이 되는 사람들이 바로 폰로이스지방 사람들이었단다. 그리고 그 중 일등공신이 바로 하부키라는 자였지. 자세한 기록은 나와있지 않지만 그때부터 미들네임은 지위를 나타내 주는 것으로 쓰였다고 한다. 아마 대륙이 통일 되면서 더 이상 지역을 나타내 주는 미들네임은 쓸모가 없어졌고, 또 대륙 통일에 제일

기여한 하부키를 추앙하기 위해서 그랬지 않았을까 싶다. 지금에 와서는 관습처럼 사용하는 것이고."

룬을 비롯한 학생들은 고개를 끄덕였다.

"바르텐대제에 대해서도 이야기 해주세요."

이번엔 다른 누군가가 질문을 던졌다.

"바르텐대제라…. 바르텐대제에 대해서는 기록이 남아 있는 게 거의 없단다. 이상한 일이지. 대륙을 통일한 패자에 대한 기록이 어디에도 없다니 말이야. 아무튼 역사서에는 언급이 없으나 그를 본 누군가가 바르텐대제에 대해 쓴 글이 있긴하지."

교수는 긴 숨을 쉬며 잠시 뜸을 들였다. 그새를 참지 못하고 누군가 어서 말을 해달라고 재촉했다. 교수는 씨익 웃었다. 누구나 지루해 하는 역사수업. 그 수업시간에 어서 말을 해달라고 재촉하는 학생이 있다는 건 교수로써 기분 좋은 일이었다.

"기록에 따르면 그는 굉장한 무력의 소유자였다고 한다. 과장된 것이 있겠으나 검으로 바위를 두부처럼 썰고 하늘을 걸어 다니며 몸은 강철같아 어떤 무기로도 뚫을 수 없다고 나와 있단다. 최초로 오러를 사용했던 인물이기도 하고. 또 워낙 민첩해 마음먹고 움직이면 눈으로 쫓을 수 없을 정도였고 주위의 물건을 자신의 손으로 끌어오게 하거나 입을 열지 않고 말하거나 하는 등 잡기에도 능했다고 한다."

"그 외에 다른 건 없나요? 이를 테면 생긴 모습이라던가 뭐 그런거요. 그렇게 강했다면 드워프처럼 우락부락하게 생겼겠죠?"

"글쎄. 정확한 기록은 없으나 '검은 머리를 휘날리며 검무를 추는 그의 모습은 여인의 춤사위만큼이나 아름다웠다.', '그의 검은 눈동자는 항상 엘프처럼 빛이났다.' 라는 구절을 비춰 봤을 때 아마 그 반대일 가능성이 높겠지?"

그 말에 여학생들이 꺄악 하고 소리를 질렀다. 엄청난 무위를 자랑함과 동시에 아름다운 미남자라니. 한 번쯤 꿈 꿔왔던 백마탄 왕자의 모습이 아닌가.

"그런데 그렇게 훌륭했던 바르틴대제가, 어째서 몰락하게 된거죠?"

"대륙을 통일 한 후 바르틴대제는 종적을 감췄다고 한다. 그러니 정확히 말해 몰락한 건 아니고 스스로 물러난 거지. 아마 대륙을 통일 한 후의 허무함, 그리고 보이지 않는 위협으로부터 안전을 보장받고 싶었던 거겠지. 그의 후손에 대한 이야기가 없는 것도 그 때문일 가능성이 높아."

"그럼 검은 머리나 검은 눈동자를 한 사람이 있다면, 어쩌면 바르텐대제의 후예일 수도 있는 거네요? 흑발에 검은 눈동자를 가진 사람은 굉장히 드물잖아요."

"그렇다고 볼 수 있겠지. 그런 사람은 드물게 아니라 거의 볼 수가 없을 정도니. 생각해 보니 내 육십 평생을 살면서 그러한 사람은 몇 번 본적이 없는 거 같구나."

그때 수업의 끝을 알리는 종소리가 울렸다. 아카데미가 무너져도 역사교수의 말을 끝까지 들을 것처럼 집중하던 학생들은 언제 그랬냐는 듯 썰물처럼 빠져나갔다. 그 와중에 룬은 무슨 큰일이라도 난 사라처럼 인상을 굳히고 있었다.

룬은 바르틴대제에 대해 들을수록 누군가가 떠올랐다. 오러를 자유자재로 사용하고, 바위를 두부처럼 썰고, 하늘을 걷고, 입을 벌리지 않고 말을 하며, 신묘한 움직임으로 상대를 농락하는 사람. 그리고 무엇보다 검은 머리를 휘날리며 검을 휘두르는 사람. 그는 다름 아닌 자신의 사부였다.

설마 아니겠지. 하는 마음이 들었으나 생각이 거듭될수록 그럴지도 모른다는 쪽으로 마음이 기울었다.

'자신에 대해서는 일언반구도 없더니, 그런 이유 때문이었나?'

룬은 몇 번 사부에 대해 물어 본 적이 있었다. 하지만 그때마다 들려오는 대답은 '10년이 지나면 알려주겠다.' 였다. 그리고 10년이 지날 무렵. 사부는 홀연히 사라져 버렸다. 사부의 과거는 그렇게 오리무중이 되었다.

'아무렴 사부가 누구였든 어때. 노비의 자식이든 대륙을 제패했던 황제의 자식이든 뭔 상관이겠어.'

룬은 사부와 10여년의 시간을 보냈다. 그 시간 룬은 사부를 그냥 사부로 대했다. 그 사이에 바르틴대제의 후예라는 변수가 끼어든다고 변하는 건 없었다. 사부는 여전히 사부였고, 그와 함께한 시간은 그냥 그 자체로 의미있는 것이었다.

하지만 사부가 정말 바르틴대제의 후예라면, 조금 놀랄 일이긴 했다. 십년을 동고동락한 사람이 그럼 엄청난 사람이라니.

하지만 룬은 이윽고 피식 웃고 말았다. 조금은 가볍고, 어쩔 땐 경박하기도 하며, 유머있고 재치를 겸비한 게 사부의 모습이었다. 그런 사부와 한 대륙을 제패했던 패자의 후손은 전혀 매치가 되지 않았다.

'다음은 검술수업이었던가.'

룬은 학내 식당에서 밥을 먹고 기숙사에서 마나연공을 한 뒤 검술수업에 들어갔다.

연무장에는 이미 대부분의 학생들이 와 있었다. 그 중에 제이드와 신디아가 룬을 알아보고 먼저 말을 걸어왔다.

"안녕하세요."

"오랜만이에요."

그리고 헤럴드는 별다른 말없이 눈짓으로 인사를 건넸다.

룬이 그들의 곁으로 다가가자 제이드가 큰일이라도 난

것처럼 속삭이듯 말했다.

"그 소문 들으셨어요? 아카데미 뒷 공터에 대마법의 흔적이 발견됐대요. 들리는 말로는 최소한 7써클은 되는 위력이라면서 날리도 아니라고 하더라고요. 근데 더 신기한 건 그 흔적을 보고도 그 마법이 뭔지 파악을 할 수 없다는 거예요. 기록상 그런 마법은 존재하지 않는다는 거죠. 더욱 미스터리한 건 대체 누가? 왜? 그러한 흔적을 남겼냐 하는 거예요."

제이드의 말이 이어질수록 헤럴드가 한심하다는 듯 쳐다보았다. 허나 제이드는 개의치 않고 계속 말을 이었다.

"그 중 가장 신비성이 있는 건, 소드마스터와 대마법사가 격돌을 했다는 거죠. 바닥에 굉장히 날랜 몸놀림의 흔적이 남아 있고 주위 바위나 그런 것들이 마법과 검사로 추정되는 자가 남긴 잔해들이 상당하다는 거죠. 가장 그럴듯한 추론이지만 여기도 한 가지 걸리는 건 있어요. 그렇게 강한 둘이 격전을 벌였는데도 피가 한방울도 없었다는 점이죠. 룬님은 어떻게 생각하세요?"

"글쎄요. 그냥 어디에나 있을법한 괴담쯤으로 생각되는군요."

"괴담은 근거 없는 얘기지만 이번일은 뚜렷한 흔적이 있다구요."

"어찌됐건 저는 별로 관심이 없습니다."

룬은 일부러라도 더 그것에 관심이 없는 척을 했다. 그렇지 않았다가는 그 일에 대해 계속 말을 시킬 것 같았기 때문이다.

"다른 분들은 어떻게 생각하세요? 다들 근거 없는 괴담으로 생각하시는 거예요?"

"다른 건 몰라도 아카데미교관들의 관심이 그곳에 집중된 건 확실한 거 같더군요. 대마법의 흔적뿐만 아니라 굉장한 검사의 흔적 또한 발견 되었으니까요."

룬 일행이 떠드는 사이 어느새 리오도르가 들어왔다. 그는 특유의 낮은 목소리로 좌중을 집중시켰다.

"오늘은 일전에 말했다시피 대련을 가질 것입니다. 이번 대련은 아직 아무것도 배우지 않은 상태에서 각자 얼마의 실력을 가지고 있는 지 파악하는 것일 뿐 그 외에 다른 의미는 없습니다. 중요한 건 지금의 승패가 아니라 교육을 끝낸 후의 결과일 테니 말입니다. 그러니 지더라도 너무 자책하지 말고 이기더라도 자만하지 마시기 바랍니다. 아시겠습니까?"

"예."

학생들이 일제히 대답했다.

"연무장의 규모상 이 인원이 동시에 대련을 하는 건 무리가 있을 거 같군요. 각 조별로 한 팀씩 대련을 하는 것으로 하겠습니다. 대련장은 저 뒤에 있습니다. 다른 조원은 두 사람의 대련을 관전 및 평가를 해주시면 되겠습니다. 자 그럼 대련을 시작하도록 하세요."

룬일행이 연무장에 설치된 8개의 대련장으로 움직였다.

"누가 먼저 할까요?"

제이드가 말하자 신디아가 헤럴드를 슬쩍 보더니 대답을 했다.

"우리가 먼저 하죠."

신디아가 대련장 위로 성큼 올라갔다. 헤럴드가 피식 웃더니 그녀를 뒤따랐다.

"나는 상대가 누구든 봐주는 성격이 아니오. 그건 검사로써 내 철칙이니 이해해주시기 바라오."

"물론이에요. 나 또한 바라는 바에요."

두 사람이 마주보고 섰다. 헤럴드가 대련용 검을 신디아에게 겨누었다. 검을 든 그의 표정은 사뭇 진지했다. 거만하던 그의 모습은 전혀 찾아볼 수 없었다.

누구를 만나든 방심하지 않으며 최선을 다하는 것. 그것이 헤지스가문의 정신이었다.

헤럴드가 자세를 잡는 것을 본 신디아가 활시위를 당기는 듯 한 자세를 취하며 검을 헤럴드 쪽으로 겨누었다.

팟-

그녀는 무게중심을 오른쪽으로 두더니 곧 반동을 이용해 헤럴드에게 쇄도했다. 헤럴드도 지지 않고 맞쇄도했다.

둘의 중간지점에서 서로의 검이 부딪쳤다.

늦게 쇄도한 쪽은 헤럴드지만 오히려 신디아가 뒤로 밀려났다.

신디아는 헤럴드의 검을 밀친 뒤 오른쪽위에서 아래로 검을 내리 그었다. 헤럴드가 검을 가로로 세워 신디아의 검을 막았다. 신디아가 팅겨져 나오는 반동을 이용해 왼쪽에서 오른쪽으로 내리 그었다. 헤럴드가 방향을 바꾸어 방어했다.

헤럴드의 검에 공격이 막히자마자 바로 신디아는 오른쪽으로 크게 검을 회전시킨 뒤 헤를드의 옆구리를 향해 베어갔다. 헤럴드가 한발 물러서는 것으로 신디아의 공격을 무산시켰다.

그때를 놓치지 않고 신디아가 거리를 좁혀갔다. 하지만 헤럴드가 뒤로 물러서면서 검을 앞으로 내밀고 있어 중간에 멈춰서야했다.

급히 멈춰서야 했기에 신디아의 무게 중심이 순간 무너졌다. 기회를 놓치지 않고 헤럴드가 어느새 왼손에 검을 쥔 채 오른쪽으로 크게 돌며 신디아를 공격했다.

순간 신디아의 허리가 뒤로 90도 가량 꺾였다.

팟-

하지만 헤럴드의 검이 신디아의 옆구리를 살짝 훑고 지나갔다. 신디아는 무너지는 신형을 손으로 지탱한 뒤 탄력을 이용해 뒤로 공중제비를 하며 넘어갔다.

둘의 거리는 다시 처음 대련을 할 때만큼 멀어졌다.

"제법이군요."

"당신이야 말로 제법이군. 하지만 만약 진검이었다면 치명상이었을 것이오. 더 하겠소?"

"이 정도는 아무것도 아니죠."

하며 그녀는 바지를 찢어 상처가난 왼 쪽배를 동여맸다. 찢어진 바지 사이로 그녀의 허벅지가 은밀하게 내비쳤다.

"마음에 드는군."

둘의 공방이 다시 시작되었다. 방금까지의 맞대결은 시작에 불과한 듯 치열한 격전이 진행됐다.

"헤럴드님은 그렇다 치고 신디아님의 검술 또한 엄청나군요. 저 가냘픈 몸으로 헤럴드님의 맹공을 다 받아 내다니 믿을 수가 없어요."

말을 하면서도 제이드는 대련에 눈을 때지 못했다.

"헤럴드님은 힘을 바탕으로 신디아님을 몰아붙히고 있고 신디아님은 유연성과 부드러움으로 힘을 분산시키고 있군요."

"어찌보면 전형적인 남녀의 대결구도내요. 하지만 너무 치열해서인지 그런 생각이 들지 않아요."

"자세히 보면 신디아님이 헤럴드님의 공격을 맞받아치

는 게 아니라 조금씩 흘려서 힘을 분산시키는 걸 알 수 있죠."

"룬님은 저분들의 움직임을 쫓을 수 있나요? 저는 아무리 봐도 모르겠네요."

"……."

"저렇게 치열하게 싸워서야 이번 시간 내로 승패가 날지가 의문이네요."

"아마 조만간 승패가 갈릴 것 같습니다."

그 말에 제이드가 대련을 더욱 집중해서 보았다. 그런데 치열했던 둘의 대결은 예상외로 시시하게 끝나버렸다. 돌연 신디아가 패배를 시인해버린 것이다.

헤럴드는 얼굴을 굳힌 채 신디아를 노려보았다. 그녀의 항복이 못미더운 눈치였다. 그러던 말던 그녀는 유유히 대련장을 내려왔다.

제이드는 조금 어안이 벙벙했다. 대체 왜 그렇게 치열하게 싸우다 돌연 항복을 한 건지 이유를 알 수 없었다.

하지만 룬이 이미 대련장으로 올라가고 있었기에 그 궁금증을 풀 시간은 없었다.

어느새 신디아와 헤럴드가 서있던 자리에 이제 제이드와 룬이 서게 되었다.

제이드가 허리를 굽히며 룬에게 예를 차렸다.

"잘 부탁드립니다."

"저도 잘 부탁드립니다."

룬도 따라 예를 차린 뒤 제이드에게 검을 겨누었다. 제이드는 조금 방어적인 자세로 무게중심을 뒤로 둔 채 룬이 공격해 오기를 기다리고 있었다.

한편 둘의 대련을 보고 있던 헤럴드가 넌지시 신디아에게 말했다.

"왜 항복을 한 것이오?"

"이기려면 손에 사정을 두어선 안 되는데 그러면 누군가는 피를 봐야 하니까요."

"검을 든 자로써 비겁한 자세군요. 말해두지만 당신이 항복을 하지 않았다 하더라도 승리는 내 것이 됐을 것이오."

신디아는 대답하지 않았다. 하지만 그의 말에 동의한 것은 아니었다.

원래 그녀의 계획은 헤럴드의 코를 납작하게 해주는 것이었다. 하지만 그의 검술은 생각 이상으로 막강했다.

그를 제압하기 위해서는 최선을 다해야 하는 데 그러면 왕궁검술의 밑천이 들어날 터였다. 그게 싫었던 것이지 절대 헤럴드에게 밀려 항복을 한 것은 아니었다.

하지만 처음과 달리 가슴한켠에는 헤럴드를 인정하는 마음이 생긴 건 사실이었다. 검사로써 그는 솔직했으며 최선을 다했고 좋은 마음가짐을 가지고 있었다. 거만하고 못마땅한 평소의 모습과는 다르게 말이다.

"저들의 경기에나 집중하죠."

헤럴드가 못마땅한 얼굴을 하였으나 이내 신디아의 말대로 룬과 제이드의 대련으로 시선을 돌렸다. 아무리 소문이 좋지 않게 났다지만 리오도르의 제자의 실력이 어떤 것인지 내심 궁금하던 참이었다.

하지만 제이드의 실력은 그의 궁금증을 해결해 줄 만큼 충분하지 못했다. 룬의 어설픈 공격 몇 번에 허무하게 패배를 하고 만 것이다.

제이드는 명석한 두뇌덕분에 아카데미에 들어올 수 있었던 것이지 검술쪽으로는 전혀 훈련이 되어 있지 않았다.

상대를 한 룬 또한 당황스런 상황이었다. 허나 금세 제이드에게 다가가 손을 내밀었다. 제이드가 룬의 손을 잡고 일어나더니, 본인이 생각해도 민망한지 머리를 긁적였다.

"검술을 아예 모르신다고 하시더니 그래도 저같이 일반인은 상대할 수가 없네요. 그래플아카데미의 검술이 워낙 유명해서 수업을 신청하긴 했는데 벌써부터 망신을 당하게 생겼네요."

"망신이라니요. 검술을 모른다고 창피한 일은 아니지요."

"어찌됐건 수업을 신청한 건 제 의사였으니까요…."

제이드는 얼굴을 조금 붉힌 채 대련장에서 내려왔다. 아직까지도 창피함이 가시지 않는디 차마 신디아의 얼굴을 제대로 쳐다보지도 못했다.

신디아와 헤럴드의 대련이 조금 길었지만 룬과 제이드와의 대련이 짧게 끝났기 때문에 다른 조와 비슷한 시기에 대련을 끝이 났다.

얼마 후 모든 대련이 끝나자 리오도르가 학생들이 불러 세웠다.

"대련을 하는 동안 여러분들을 지켜보면서 실력을 살펴보고 있었습니다. 그 결과 기대이상으로 훌륭한 학생도 있는 반면 기초조차 익히지 못한 학생들도 보이더군요. 말했듯 중요한 건 수업이 모두 끝난 후의 변화이니 괘념치 마십시오. 그리고 대련이 끝난 후 각 학생들의 수준에 맞게 기초를 다지는 반, 그리고 실전반으로 나뉠 겁니다. 기초반 실전반은 제 기준으로 한 번 정하고 학생들과 면담을 통해 조정을 하게 될 겁니다."

리오도르는 슬쩍 마법시계로 시선을 돌렸다.

"오늘 수업은 이것으로 하고 다음에 뵙도록 하죠."


수업이 끝나고 룬은 밥을 먹은 뒤에 기숙사에 들러 연공을 했다. 얼추 6시 정도가 될 무렵 먼저 연무장에가 리오도르를 기다렸다.

깨달음이 있은 후. 처음으로 리오도르를 직접 대면하는 자리였다. 그가 무슨 말을 할까, 어떤 반응을 보일까 머릿속이 복잡했다.

이윽고 리오도르가 연무장에 나타났다. 하지만 그는 어째서 인지 그때의 일에 대해서는 묻지 않았다. 대신 그는 전혀 예상외의 말로 룬을 놀라게 했다.

"어제 뒷공터에 갔었다."

"…"

"많은 흔적들이 있더구나. 그런데 나는 이상하게도 그것들을 보면서 자꾸 누군가가 떠올랐다."

"음."

룬은 곤란한 얼굴이 되었다. 리오도르가 이렇게 말을 하는 것을 보면 뭔가를 알아도 안 것은 분명했다.

룬은 갈등했다. 아예 모른 척 딱 잡아 뗄까, 아니면 사실대로 말을 할까. 그냥 어물쩍 넘어가버릴까.

'그래 차라리 잘 됐어. 이 기회에 어느 정도 얘기를 하는 편이 운신을 하는 데에도 더 도움이 될거야.'

"사실은…"

룬이 막 말을 하려는 찰나 리오도르가 대답을 듣지 않아도 알겠다는 듯 고개를 끄덕이며 말을 했다.

"되었다. 여태까지 말을 하지 않았다는 건 숨겨야할 이유가 있었다는 뜻이겠지. 그에 대해서는 더는 묻지 않으마."

둘 사이에 어색한 침묵이 감돌았다. 리오도르는 허공을 보고 있었고 룬은 어떻게 해야 하나 갈팡질팡하고 있었다.

조금의 시간이 흐르고 6시를 울리는 종소리와 함께 에일리아가 나타났다. 그녀는 평소와 다르게 조금 밝은, 룬이 그녀를 처음 봤을 때와 같은 얼굴을 하고 있었다.

에일리아가 오자 어색함이 깨졌고 평소와처럼 수업이 진행되었다.

하지만 모처럼 밝은 에일리아의 얼굴과 달리 수업은 딱딱하게 진행되다 흐지부지 끝이 나 버렸다.

NEO FUSION FANTASY STORY & ADVANTURE

# LINE

제 5 장

## 요정의 보석

제 5 장
요정의 보석

기숙사로 돌아온 룬은 침대에 벌러덩 누웠다. 천장을 보며 리오도르가 한 말에 대해 생각했다.

'리오도르님은 이미 나에 대해 어느 정도 눈치를 채신 모양이구나. 다행히 추궁은 안하시지만 아무튼 마음에 걸리는군. 하지만 달리 생각하면 최소한 그 분 앞에서는 너무 숨죽여 있을 필요는 없으니 다행인지도 모르지.'

리오도르가 어째서 자신에게 아무것도 묻지 않는지 알 수 없었다. 하지만 그것이 일종의 배려인 것만은 확실했다.

'아무튼 결계에 신경 쓰고 흔적을 지우는 데 심혈을 기울여야겠어. 마나술을 수련하기가 참으로 번거로워지겠어.'

거기까지 생각한 룬은 하루를 정리하며 잠에 들었다.


시간은 어느덧 일주일이 훌쩍 지났다.

리오도르는 그 날 이후로 룬에게 아무것도 묻지 않았다. 그때의 마나파동은 어떻게 된 것인지, 공터에서의 일과는 어떤 연관이 있는지.

룬은 그의 배려 덕분에 편안한 마음으로 수련에 임할 수 있었다.

리오도르는 주로 대련을 통해 지도편달을 해주는 방식으로 수업을 진행했다. 에일리아는 어렸을 적부터 검술을 연마했기에 찌르기 하나, 베기 하나에도 절도가 있고 각이 살아 있었다.

반면 룬은 아직까지 검을 잡고 있는 자세부터 어정쩡했고 검으로 하는 거의 모든 움직임이 어설펐다.

그러나 리오도르는 자세가 어설프다는 몇 마디 조언 외에 별다른 지적을 하지 않았다. 그가 중요시 하는 건 실전적인 검술로 보이는 것보다는 얼마나 효율적인가를 더 높게 평가했다.

그러한 면에서 룬은 보기에는 굉장히 어설프지만 나름대로 효율적인 움직임을 보여주고 있었다.

리오도르와의 시간 외에 룬은 마나술을 연마했다. 윈드워크를 통해 좀 더 빠르게 움직이고 파마파동이나 핑거윈드를 더 강력하게 더 은밀하게 사용하는데 초점을 두었다.

또한 마나의 운용을 통한 체술을 극대화 시켰고 이번에 할 수 있게 된 기술들도 쉬지 않고 연마했다. 특히 리오도르와의 검술수업과 시너지가 발휘되어 체술의 성장은 두드러졌다.

그리고 가장 초점을 둔 건 중첩캐스팅인데 매직미사일은 최대 4번까지 가능했으며 총 마나를 재배열하는데 걸리는 시간은 7써클 마법의 절반에 지나지 않을 정도였다.

그러다 보니 위력은 7써클에 뒤지지 않는데 캐스팅은 더 빠르며 중간에 재배열에 실패해도 사용할 수 있는 무시무시한 마법이 탄생되었다.

하지만 모든 마법을 중첩캐스팅 할 수 있는 건 아니었다. 1써클 마법중에서도 매직미사일, 파이어볼이 룬이 할 수 있는 전부였다.

그 외의 마법은 깨달음이 부족해서인지 아직까지는 중첩캐스팅을 할 수 없었다.

"후. 이거 이러다 또 수업에 늦을 지도 모르겠군."

수련을 하던 룬은 급히 마법과 마나술의 흔적을 지우고 결계를 해제시켰다. 그리고 3번째 맞이하는 검술수업에 참여하기 위해 부리나케 연무장으로 달려갔다.

윈드워크 덕에 룬의 움직임은 바람소리만 들릴 뿐 거의 보이지도 않을 정도였다.

"오늘은 마지막 대련이 될 것입니다. 대련의 주 목적은 여러분들의 실력을 파악하고 기초반 실전반을 나누는 데 있었습니다. 그러니 누가 가장 강한 것인지 승부를 볼 필요는 없겠지요."

"마지막 대련이라 하시면 실력파악은 모두 되신 건가요?"

누군가 질문을 던지자 리오도르가 고개를 끄덕이며 대답했다.

"그렇습니다."

"동시에 여덟 팀이 대련을 하는 데 그걸 모두 보실 수 있다는 말씀이세요?"

"면밀한 부분까지는 아니지만 기초반 실전반을 나누는 정도까지는 파악이 됐습니다. 왜 못 믿으시겠습니까?"

하며 리오도르는 질문을 한 학생을 응시했다.

"이름, 타오란. 100cm정도의 얇은 롱소드를 사용하며 찌르기에 능함. 치고 빠지는 데 능하지만 상대방의 검을 끝까지 보지 않는 단점이 있음. 숙련도는 중급. 본인의 선택에 의하여 기초반으로 갈지 실전반으로 갈지 선택. 제 데이터에는 타오란님이 이렇게 정리 되어 있군요. 어떻습니까, 근거가 있는 거 같나요?"

"……."

타오란은 멍한 얼굴을 하더니 이내 허탈하게 웃었다. 상대방을 완전히 인정한 것이다.

8팀이 대련을 하는 가운데 그렇게 세세한 것까지 파악하다니…. 과연 왕국 최고의 검술교관 다운 눈썰미였다.

"이미 실력 파악이 끝나셨다면 어째서 더 대련을 하시는 거죠?"

다른 학생이 또 질문을 던졌다.

"좋은 질문입니다. 마지막 대련에서 이긴 사람은 최소한 그 조에서는 최고의 실력자일 겁니다. 그를 조장으로 임명해 원활한 수업을 하는 데 도움이 되고자 하기 위함입니다."

"그럼 기초반과 실전반으로 나누는 동시에 조원의 개념은 그대로 유지되는 건가요?"

"그렇습니다."

"조장을 굳이 따로 뽑아야할 이유가 있나요?"

"물론입니다. 검술은 그 특성상 가르치는 인원이 두 명만 넘어가도 개인의 특성을 고려해 수업을 하는 데 한계가 있습니다. 조장을 두어 그러한 한계를 조금이나마 극복하려 하는 거죠. 조장은 자신의 수련을 하는 한편 조원들을 잘 살펴 제게 보고를 하도록 할 겁니다. 물론 그 내용은 조장과 저만 아는 것이겠죠."

같은 학생에게 너무 많은 권한이 부여대서 인지 질문을 한 학생은 자존심이 조금 상한 듯 보였다. 하지만 수업 진행은 어디까지나 리오도르의 권한이었기에 별다른 불만을 표하지는 하지 않았다.

"자, 그럼 마지막 대련을 시작하도록 하죠."

룬과 헤럴드는 맨 마지막 줄에 있는 대련장으로 올라갔다.

헤럴드는 반 기마자세를 취하며 준비자세를 취했다.

룬은 검을 바닥에 늘어뜨린 채 헤럴드를 응시할 뿐 별다른 자세를 취하지는 않았다.

모습만 보면 룬이 월등한 실력이라 한 껏 여유를 부리고 있는 그림이었다.

"준비도 되지 않은 자를 이기고 싶지는 않으니 어서 자세를 잡으시오."

"저는 따로 준비가 필요 없으니 헤럴드님이 준비가 되셨다면 시작하시지요."

"그럼 사양하지 않겠소."

헤럴드가 룬에게 도약했다. 3m정도 되는 거리가 순식간에 좁혀지며 헤럴드가 룬의 바로 앞에 나타났다.

헤럴드는 횡으로 검을 그었다. 룬이 한발 뒤로 물러서자 헤럴드가 돌진 하듯 따라와 춤을 추듯 X자로 검을 그었다.

캉캉.

헤럴드의 검을 막은 룬은 바로 검을 찔렀다. 헤럴드는 룬의 검을 끝가지 보며 검이 배의 지척에 올때쯤 살짝 뒤로 물러나 바로 반격을 하려 했다.

한데 순간 룬의 왼손이 옆구리를 파고들더니 옷을 꽉 부여잡았다. 룬의 검은 이미 헤럴드의 뱃가죽을 뚫으려 하고 있었다.

헤럴드는 검병으로 룬의 왼손을 내려친 뒤에 오른발을 지탱한 채 몸을 옆으로 틀었다.

룬은 곧장 시계방향으로 크게 돌더니 헤럴드의 오른쪽 옆구리를 노렸다.

헤럴드는 룬이 앞으로 내지른 검을 경로만 바꾸어 왼쪽 옆구리를 노릴 것이라 생각하고 있던 터라 신경을 그쪽에 집중하고 있었다.

그러던 터에 느닷없이 반대쪽으로 공격이 오니 당황하지 않을 수 없었다.

하지만 그는 역시 노련한 검사였다. 검을 거꾸로 세워 베어오는 룬의 검을 막았다. 룬의 검이 헤럴드의 검을 때리자 헤럴드의 검이 시계바늘처럼 빙그르 돌더니 바로 룬의 머리로 향했다.

룬은 황급히 뒤로 물러났다. 그 과정에서 머리 대신 뒤늦게 회수된 검이 헤럴드의 검에 맞아 온전히 물러서지 못하고 조금 주춤거리게 되었다.

하지만 헤럴드의 추가적인 공세는 없었다. 대신 그는 지금 몹시 불쾌한 얼굴을 하고 있었다.

만약 룬이 왼쪽소매를 붙잡았을 때 본인만큼 근력이 있었다면 어땠을까. 두 번째 크게 돌며 공격했을 때 자신만큼 속도와 파괴력이 있다면 어떻게 됐을까.

물러서는 쪽은 저자일까, 아니면 자신일까….

초보검사에게 그러한 생각을 한다는 것 자체가 몹시 자존심이 상하는 일이었다.

룬은 위기를 넘겼다는 생각에서인지 제자리에서 두어 번 콩콩 뛰었다. 그리고는 헤럴드를 노려봤다.

"이번에는 제가 가죠."

룬이 뒤로 조금 물러서더니 다시 헤럴드에게 천천히 걸어갔다. 그러다 어느 순간 신형이 꺼지듯 사라지더니 헤럴드의 앞에 갑자기 나타났다.

헤럴드는 습관적으로 왼쪽을 막기 위해 검을 그쪽으로 두었다. 그러나 룬은 검 대신 왼쪽 주먹을 이용해 헤럴드의 얼굴을 가격하려 하고 있었다.

헤럴드가 당황한 나머지 크게 뒤로 물러났다. 크게 당황했으나 그의 시선은 여전히 룬과 룬의 검에 집중되어 있었다.

순간 헤럴드는 머리가 복잡해졌다. 룬이 이번에는 돌연 검을 집어 던지려 하고 있었기 때문이었다.

하지만 검은 룬의 손을 떠나지 않고 바닥을 때리더니 그 반동으로 룬은 한바퀴 돌며 헤럴드의 머리를 노렸다.

헤럴드의 예상을 벗어나는 기상천외한 공격.

그러나 그의 훈련이 헛되지 않은 듯, 처음 보는 이색적인 공격에도 최선의 방어경로를 찾아내는 한편 반격의 기회까지 엿보았다.

헤럴드는 룬의 검을 막는 게 아니라 오히려 앞으로 나갔다. 그리고는 자세를 낮추었다. 룬은 공중제비를 하듯 앞으로 돌고 있었기에 중간에 움직임을 멈출 수 없었다.

그 결과 룬은 허공에 검질을 해야 했고 등을 내줘야 하는 상황에 놓이게 되었다.

상대방을 등 뒤에 두는 절체절명의 상황. 이럴 경우 백이면 백 하는 행동은 뻔했다. 일단 위급한 상황을 벗어나기 위해 어떻게든 상대방에게 벗어나려 할 것이다.

헤럴드는 완벽한 기회에도 성급해 하지 않고 룬의 반응을 보며 침착하게 대응했다.

한데 룬의 움직임은 전혀 예상밖의 것이었다. 오른발을 앞으로 빼내고 상체를 왼쪽으로 기울이더니, 앞으로 빼낸 오른발을 지탱한 채 왼발을 바닥에 쓸며 빙그르 돌았다.

헤럴드는 주춤할 뿐 룬의 그러한 행동을 그저 보고만 있었다. 룬이 사정거리 밖으로 완전히 벗어날때까지도 아무런 손을 쓰지 않았다.

그의 얼굴은 처음보다 훨씬 심하게 읽으러져 있었다.

"……."

상대방이 등을 보이고 있는 상황. 공격의 선택권은 온전히 헤럴드에게 있었다.

멍청이가 아니라면 치명상을 남길 수 있는 얼굴, 심장, 혹은 배를 공격할 것이다.

만약 방금 그렇게 했다면 어땠을까.

얼굴을 찔렀다면 룬이 상체를 숙였기에 무산 됐을 것이다. 심장을 노렸다면 오른발을 빼고 상체를 왼쪽으로 숙였기에 역시 무산 될 것이다. 배를 찔렀다면 공격은 성공했겠지만 척수부분이 아닌 옆구리 부분으로 치명상은 벗어났을 것이다.

만약 찌르기가 아닌 베기를 했다면? 그 역시 여의치 않았다. 왼쪽으로 상체를 숙이면서도 검은 여전히 오른쪽으로 세우고 있었기에 어이없게 막힐 가능성이 높았을 것이다.

그렇다면 그 이외의 공간. 허벅지나 왼쪽 부근은 어땠을까. 치명상 부근이 완벽하게 방어 된 것과는 상반되게 그곳은 오히려 더 큰 위험에 노출 되어 있었다.

하지만 상대가 등을 보이고 있는 완벽한 상황에서 치명상을 낼 수 있는 부근이 아닌, 그리고 굳이 오른손에 쥐고 있는 검을 왼쪽으로 찔러 넣을 검사가 얼마나 될까.

"등 뒤에 있는 상대를 그냥 두다니 헤럴드님이 사정을 봐주고 있는 모양이군요."

대련을 관전하던 제이드가 신디아에게 말했다.

하지만 들려오는 대답은 없었다.

"그래도 역시 검술을 전혀 익히지 않았다는 소문은 잘
못된 모양이네요. 그렇지 않고서야 아무리 헤럴드님이 사
정을 두고 있다 하더라도 저렇게 버틸 수는 없을 테니까
요."

"아니요. 소문이 완전히 잘못 된 것만은 아닌 거 같군
요."

"그게 무슨 말씀이시죠?"

제이드가 의아해 하며 반문했다.

둘이 대화를 나누고 있는 사이 룬과 헤럴드가 다시 접전
에 들어갔다.

"헤럴드님의 움직임을 잘 보세요. 군더더기 없고 정교
하죠. 언뜻 봐도 상당히 훈련을 한 티가 나는 반면 룬님을
보세요. 헤럴드님의 공격을 곧잘 피하고 반격을 하고 있지
만 어딘지 어정쩡한 모습이지 않나요."

제이드가 신디아의 말에 따라 둘의 움직임을 유사히 살
폈다.

"음. 확실히 그런 것 같긴 한데…."

"저건 검술이라기 보단 그저 상대방의 움직임을 보고
즉각적으로 반응해 피하고, 또 틈이 있으면 공격하는 것에
지나지 않죠. 검술은 체계화된 움직임인데 룬님은 그러한
면에서 '술' 이라기 보단 그냥 즉흥적인 움직임인 거죠."

말을 하는 신디아의 얼굴은 사뭇 진지했다.

'하지만 무수히 많은 실전으로 몸이 즉각적으로 반응하지 않는 이상 그러한 움직임은 절대 나올 수 없어. 정말로 그저 즉흥적인 움직임일 뿐일까…'

말과 달리 그녀는 조금 다른 생각을 하고 있었다.'

어느새 룬과 헤럴드의 공방이 다시 치열하게 이루어지고 있었다. 다시 이루어진 공방은 헤럴드의 일방적인 공세로 이어졌다.

헤럴드가 주로 공격을 하면 룬은 맞대응하기 보다는 피하거나 뒤로 물러나며 헤럴드의 공격을 요리조리 피했다.

헤럴드의 검이 룬을 거의 닿을 듯 말 듯 했으나 결국 공격은 모두 무산이 되었다.

그럼에도 헤럴드는 침착함을 잃지 않고 룬의 방어 패턴을 파악했다.

'검을 찌르면 뒤로 물러날 것이고 다가가면 다시 왼쪽으로 피할 것이다. 그렇다면 검을 찌른 후 바로 왼쪽으로 횡베기를 한다면 대련은 끝나겠군.'

거기까지 생각한 헤럴드는 즉시 생각을 실행에 옮겼다.

팟.

헤럴드의 찌르기.

그의 예상대로 룬의 뒤로 물러났다.

헤럴드는 준비했던 대로 왼쪽으로 횡베기를 하려 했다.

헌데 뒤로 물러나던 룬의 신형이 순식간에 시야에서 사라졌다.

시야에서 사라진 룬은 그림자에서 튀어 올라오듯 헤럴드 앞에 갑자기 나타났다.

'위험하다….'

헤럴드의 머리에 적색경보가 울렸다. 그는 대련이라는 것도 잊은 채 룬의 급작스런 공격에 본능적으로 오러를 발산했다.

오러가 서린 헤럴드의 검은 룬의 검을 부러뜨리더니 룬의 배를 베어갔다.

룬도 위협을 느끼고 공격을 중단하며 뒤로 물러났다. 하지만 헤럴드의 오러에 배를 베인 채 뒤로 넘어가 쓰러져 버렸다.

"…."

헤럴드의 얼굴에는 이겼다는 환희보다는 당황스러움과 수치심으로 가득찼다. 항상 거만하지만 침착함을 유지하던 그는 이번에는 어떻게 해야 할지 몰라 머뭇거렸다.

비단 당황한 것은 그 뿐만이 아니었다. 신디아의 얼굴은 거의 사색이 되어 있었다. 그녀는 대련장으로 올라와 룬의 배를 살폈다.

"오러에 베었다면 출혈이 심할 거예요. 우선 지혈부터 해야겠어요."

하며 그녀는 자신의 옷을 찢어 룬의 배를 감쌌다. 그녀의 소매가 너덜너덜해졌지만 전혀 신경쓰지 않는 눈치였다.

그때 의식을 잃은 줄 알았던 룬이 신디아의 손을 제지하더니 상체를 일으켜 세웠다.

"괜찮습니다. 다행히 치명상은 피했습니다."

"무슨 소리를 하시는 거예요. 오러가 당신의 배를 찌르는 걸 똑똑히 봤는데."

하면서 그녀는 막무가내로 룬의 배를 동여맸다. 그리고는 헤럴드를 보며 성이난 투로 말했다.

"당신은 대련중에 오러를 사용하는 게 어디있나요. 그렇게 자신의 실력을 뽐내고 싶었나요."

대답은 들려오지 않았다. 애초에 답을 들으려고 한 말은 아니었다.

그녀는 다시 룬의 배에 시선을 돌려 지혈에 신경썼다.

한데 그녀의 바쁜 움직임은 곧 멈추게 되었다.

'분명⋯ 치명상을 입었을 텐데.'

룬의 말대로 배에 가벼운 찰과상정도만 나 있던 것이다.

"거 보세요. 정말 별거 아니라고 했잖아요."

룬은 자리에서 완전히 일어났다. 그리고 별일 아니라는 듯 먼지를 툭툭 털었다.

"당신이 이겼군요."

말과 동시에 룬은 대련장으로 내려갔다. 갑작스런 소란으로 시선이 집중된 탓에 부담스러웠던 것이다. 룬이 별일 아니라는 듯 대련장을 내려가자 주위에 몰려들었던 군중들은 곧 원래의 위치로 돌아갔다. 그 중 리오도르가 예사롭지 않은 눈빛을 하고 있었으나 모른 척 넘어갔다.

헤럴드는 룬의 말이 꼭 자신을 조롱하는 것 같아 기분이 편치 못했다. 하지만 그보다 더 참을 수 없는 건 스스로 떳떳하지 못한 행동을 했다는 점이었다.

룬이 대련장을 내려가자 신디아가 헤럴드에게 다가갔다.

"순간적으로 오러를 발산하는 것도 모자라 곧바로 회수하시다니. 당신의 실력은 생각 이상이군요. 하지만 방금 당신의 행동은 비열하기 그지없었어요."

"아니오."

"뭐라고요? 당신이 뭘 잘못했는지 모르겠다는 말인가요?"

신디아의 눈에 불꽃이 튈 지경이었다.

"오러를 거둔 게 아니란 말이오."

하며 그 또한 대련장에서 내려왔다. 그의 얼굴은 여전히 혼란으로 가득 차 있었다.

기숙사로 돌아온 룬은 배에 난 상처를 살폈다. 작은 상처지만 피가 고여 딱딱하게 굳어 있었다.

"후. 하마터면 큰일 날뻔했군. 오러라니. 생각지도 못했어."

룬은 방금 벌어진 아찔한 상황을 떠올렸다. 윈드워크를 통해 순식간에 쇄도한 것까지는 좋았는데 설마 오러로 반격하리라고는 생각지도 못했다.

다행히 오러실드를 펼쳤기에 큰 상처는 없었지만 조금만 늦었다면 정말이지 치명상을 입을 뻔했다.

"위협을 느끼자마자 본능적으로 오러를 쓰다니. 훈련이 잘 된 검사군."

자신을 죽음으로 몰아넣을지도 모를 짓을 한 자지만 룬은 크게 악감정을 가지지는 않았다. 좋게 본다면 그는 검사로써 기본에 충실하고 있다는 뜻이었다.

방금 일을 생각하던 룬은 신디아의 얼굴을 떠올렸다. 자신이 쓰러지자마자 황급히 달려와 비싸보이는 옷을 한 치의 망설임 없이 찢고 지혈을 해주던 모습.

그 모습을 떠올리던 룬은 피식하고 웃었다.

"이런 상처라면 또 나도 나쁘지 않을 것 같군."

그렇게 중얼거린 룬은 침대에 벌러덩 누웠다.


경제수업을 마치고 기숙사로 돌아오던 룬은 우연히 신

디아를 만났다.

룬이 조금만 더 신경을 썼다면 그녀가 의도적으로 기다
린 것이란 걸 알아 차렸겠지만 아쉽게도 그럴만한 주변머
리는 없었다.

그녀는 룬을 보더니 밝은 얼굴로 먼저 다가왔다.

"오랜만이에요."

"예. 저번 주에 검술수업이 휴강이라 거의 보름만에 뵙
는 거 같군요."

"상처는 괜찮으세요?"

"아, 예. 원래 가벼운 상처였으니까요."

룬은 그때의 상황을 떠올리며 얼굴을 조금 붉혔다.

"헤럴드님도 그때 일로 많이 당황하신 것 같더라고요.
고의는 아니었을 테니 너무 원망하진 마세요."

"물론입니다. 결과적으로 이렇게 멀쩡한데 원망을 해서
뭐하겠습니까."

룬이 훌훌 털어버린 것 같은 모습을 하자 신디아도 덩달
아 한층 가벼운 마음이 되었다.

하지만 그녀는 여전히 한가지 의구심을 가지고 있었다.

'오러가 아니라면 대련용검으로 가죽튜닉을 뚫을 수는
없어. 그럼에도 상처가 났다는 건 헤럴드님의 검에 오러가
있었다는 뜻. 하지만 오러라면 절대 이렇게 가벼운 상처로
끝나지는 않았을 거야. 대체 어떻게 된 걸까.'

그녀는 그것이 몹시 궁금했지만 당사자인 룬이 홀홀 털어버린 듯한 모습을 하고 있는데 굳이 기름을 부어선 안 된다고 생각했다.

"사교댄스과정을 끝내면서 연회를 한다고 하더군요. 듣자하니 분반을 가리지 않고 보니에르연회장을 통째로 빌려 성대하게 이뤄진다 하던데…."

신디아가 말끝을 흐렸다.

"예. 그 얘기는 저도 들었습니다."

"혹시 실례가 되지 않는다면 연회시간 동안 제 파트너가 되어 주실 수 있으세요?"

"파트너 말입니까?"

"예."

"하지만 파트너는 딱히 정해져 있는 게 아니고 남녀의 의사에 따라 얼마든지 바꿀 수 있는 것 아닙니까. 오히려 되도록 많은 사람과 춤을 춰야 의미가 있는 것 같은데요."

"일반적으론 그렇죠. 하지만 전 알지도 못하는 남자들과 의미 없는 춤사위로 시간을 보내는 건 딱 질색이에요."

잠시 생각을 하는 척 하던 룬은 이내 고개를 끄덕이며 신디아의 말에 동의했다.

"좋습니다. 저도 춤은 딱 질색이라 그 지루한 연회를 어떻게 버티나 고민하고 있던 터였습니다. 신디아님이 옆에

계신다면 예의 없이 춤을 신청해 오는 레이디들을 돌려보
낼 필요도 없을 것이고 여러모로 저에게도 좋겠군요."

룬은 좋다는 말 뒤에 너무 많은 사족을 붙였나, 하고 후
회했다.

"혹여 따로 마음에 두고 있던 처자가 있던 건 아니겠
죠?"

"물론입니다."

이번에는 너무 성급하게 대답을 했나, 하고 후회했다.

"잘 됐네요. 그럼 이따가 봐요."

신디아가 생긋 웃으며 자리를 떠났다.

룬은 그녀가 시야에서 완전히 사라질 때까지 뒷모습을
바라보다 다시 가던 길을 갔다.

❖

어두운 밀실 안. 세 명의 인영이 둥그런 탁자에 앉아 대
화를 나누고 있다. 촛불이 간간히 바람에 흔들거리며 세
명의 모습을 비췄다.

덩치가 큰 사내. 왜소한 사내. 로브를 깊숙이 눌러쓴 묘
령의 여인.

"어째서 요정의 보석이 보니에르 연회장에 있는지 모르
겠군."

그중 덩치가 큰 사내가 말했다. 그는 우락부락하고 얼굴에 긴 흉터가 나 험상궂은 이미지를 자아내고 있었다.

그는 뭐가 그리 불만인지 연신 씩씩대며 자신의 기분은 숨기지 않고 있었다. 요정의 보석이라는 걸 찾기 위해 트란베니아에서 이곳까지 긴 여정을 해야 한다는 것이 짜증난 모양이었다.

"요정의 보석은 그 용도를 모른다면 그저 화려한 장식품일 뿐이야. 그러니 연회장에 있다고 해서 이상할 건 없어. 오히려 그들이 아직 요정의 보석의 진정한 가치를 모른다는 말이기도 하니 다행인 일이지."

느긋하게 의자에 앉아 있던 왜소한 사내가 말했다.

"하지만 연회장측에 연락을 한 결과 요정의 보석을 이번에 있을 연회에서 경매에 내놓는다고 하더군요."

말을 받는 건 홍일점인 묘령의 여인이었다. 로브를 쓰고 있기에 전체적인 얼굴은 드러나지 않지만 대강의 태로 봤을 때 굉장한 미인임에 틀림없었다.

"연락을 해본 결과 그래플아카데미측과 이미 약속이 되어 있기에 물릴 수는 없다고 하더군요. 대신 경매에 저희도 참석할 수 있도록 약속을 받아 왔습니다."

"경매에만 참여 할 수 있다면 돈은 얼마든 지불 할 수 있으니 큰 차질이 없는 한 요정의 보석은 무난히 우리 것이 되겠군."

우락부락한 사내가 신이 난 듯 말했다.

"하지만 만약을 대비해야해."

"만약이라니? 그들은 요정의 보석이 어떤 건지도 몰라. 그러니 돈 몇 푼 쥐어주면 모든 게 해결된다고."

우락부락한 사내는 한껏 달아오른 분위기에 찬물을 끼얹는게 싫었던지 말에 짜증이 섞여 있었다.

"흥분하지 마. 트라울라. 내 말은 만약 일이 잘 못 될시 무력행사도 불가하다는 말이야."

"크크. 그으래?"

우락부락한 사내의 얼굴이 신이 난 듯 변했다. 왜소한 체격의 사내는 모든 일을 순리대로 푸는 것을 좋아했다. 무력은 항상 제일 마지막에 내놓는 최후의 선택이었다. 하지만 요정의 보석이 중요한만큼 이번일 만은 예외였다. 그것이 우락부락한 사내의 기분을 더 없이 좋게 만들었다.

"그럼 네가 말한 만약이란 상황은 있을 수 없겠군. 어떤 일이 있어도 요정의 보석은 반드시 내 손에 들어오게 될테니 말이야."

사내의 얼굴이 자신감에 차올랐다. 트린베니아에서 낳은 최고의 싸움꾼 트라울라. 그것이 바로 그였다.

"대체 그 요정의 보석이란 게 무엇이기에 그토록 신중을 기하시는 거죠?"

묘령의 여인이 물었지만 왜소한 사내는 고개를 저으며 다른 말을 했다.

"스엣. 너는 다시 한번 연회장에 감사하다는 말을 전하고 이번 연회에 누가 참석하는 지 파악해둬. 요정의 보석이 무엇인지는 일이 성사된 뒤에 얘기해 주지."

"알겠어요."

스엣이라는 여인은 자리에서 일어나더니 곧 장내를 벗어났다.

그녀가 완전히 사라지는 것을 본 트라울라가 넌지시 왜소한 사내를 내려 보았다.

"이봐 유렌. 이만 스엣도 완전히 우리의 편으로 인정해주는 게 어때? 그녀가 우리와 함께 한지도 벌써 5년이 넘어간다고."

하지만 유렌이라는 왜소한 사내는 천천히 고개를 저었다.

"그동안 스엣은 완벽히 일들을 처리해 왔지. 궂은 일도 마다 않고 충분히 의문이 들 만한 일도 묵묵히 해냈어."

"그러니 이만 받아들이자는 거 아냐."

"아니. 그래서 더 못믿겠다는 거야. 그녀만한 실력자가 구태여 그런 궂은 일도 마다하지 않는다는 건 상식적으로 이해할 수 없는 일이니까."

트라울라가 질린'다는 듯 고래를 설레설레 내저었다.

장내를 빠져나온 스엣은 뭐에 쫓기는 사람처럼 주변을

살피며 어떤 건물 안으로 들어갔다. 건물은 2층으로 된 술집이었는데 시끌벅적 떠들어 대는 통해 스엣의 존재에 관심을 기울이는 사람은 없었다.

스엣은 술판이 벌어진 곳들을 지나 작은 지하통로로 들어갔다.

지하통로안에는 백발이 무성한 노인이 그녀를 기다리고 있었다.

스엣은 노인을 보자 허리를 깊숙이 숙여 인사를 했다.

"쫓아오는 자는?"

"없었습니다."

"하긴, 그랬다면 네가 이곳에 오질 않았겠지. 쓸데없는 질문을 했어. 쯧쯧. 나도 이제 나이가 먹나보이."

노인이 고개를 저으며 혀를 찼다.

"요정의 보석이란 것을 취하고 트린베니아와 르니에르 왕국을 이간질시키는 임무를 끝으로 제국으로 복귀하라는 명령이 떨어졌다."

스엣은 고개를 끄덕였다. 그렇지 않아도 그런 조짐이 보였던 차였다.

"죄송합니다. 제가 좀 더 완전히 그들에게 스며들었어야 했는데…"

"아니야. 유렌이란 그놈은 본디 의심이 많고 철두철미하기가 이를 데가 없는 놈이지. 놈의 곁에 더 있다간 오히려 꼬리가 잡힐 공산이 커."

노인은 인자한 할아비처럼 웃고 있었지만 스엣은 그 모습을 곧이곧대로 믿지 않았다. 웃는 얼굴 뒤에 수백 명의 목숨을 단 몇 마디 말로 결정짓는 자가 바로 그였다.

"이미 손을 써 두었다. 경매는 왕국의 승리가 될 것이야. 너는 그것을 통해 분란을 만들고 적당히 기회를 봐서 요정의 보석을 취한 다음 빠져나오면 된다. 물론 너는 공식적으로 그 과정에서 죽는 것이 되겠지. 언제 할 수 있겠느냐?"

"맡겨만 주십시오."

"그래. 언제나 그렇듯 이번 일도 잘 처리하리라 믿는다."

노인은 스엣의 어깨를 토닥이고는 자리를 떠났다.

스엣은 그의 모습이 완전히 사라지는 것을 보고 크게 심호흡을 했다.

인자한 노인의 모습과 달리 그와의 대면은 항상 머리가 쭈뼛설만큼 긴장하지 않을 수 없었다.

작은 말 실수 하나. 작은 행동하나에 모든 걸 유추하는 그의 능력은 언제나 스엣을 긴장하게 만들었다.

그녀는 옷 속에 파묻혀 있던 파란루비가 박힌 목걸이를 꺼냈다. 본래는 붉으나 특별한 상황에서만 파란색으로 변하는 신비한 목걸이였다.

"아버지…… 조금만 기다리세요."

❖

연회장으로 향하는 룬의 얼굴은 한껏 굳어 있었다.

"연회장이 생각보다 멀군요. 먼 것이 아니라 빙빙 돌고 있는 것이군요. 이럴 줄 알았으며 마차를 타고갈 걸 그랬습니다. 좀 전에 보니 아까왔던 곳을 또 지나친 것 같던데. 분명 길을 안다고 하시지 않았습니까?"

신디아는 룬에게 자신이 길을 알고 있고 옷이나 장신구는 이미 연회장에 마련해 두었으니 걸어가자고 제안했다.

룬도 답답한 마차보다는 그것이 좋을 거 같아 흔쾌히 승낙했다. 하지만 아카데미를 떠나고 거의 한시간동안이나 바르텐을 뒤지다보니 그 생각이 얼마나 잘못 됐는지 깨닫게 되었다.

"마차만 타고 다니던 제가 어떻게 지리를 알겠어요. 그냥 걷고 싶어 해본 말이죠. 이렇게 사람들이 많은 거리를 자유롭게 걷다니. 너무 낭만적이지 않나요."

그녀는 두 팔을 하늘위로 올리며 한 껏 자유를 표현했다. 이윽고 몸을 빙글빙글 돌리며 눈 맞은 강아치처럼 신이 난 채 방방 뛰었다.

그래도 어린아이처럼 즐거워 하는 신디아를 보니 이 정도 불편함은 감수해 줄만도 하다는 생각이 들었다.

빙빙 돌아 바르텐을 거의 쥐 잡듯 뒤지기는 했지만 끝내 룬과 신디아는 연회장에 도착했다. 연회장 문 앞에는 세 명의 인영이 문지기와 얘기를 주고받고 있었다.

외형으로 봤을 때 연회에 참석하는 아카데미생은 아닌 듯 보였다.

세 명 중 한 사내는 덩치가 우락부락하고 험상궂게 생겼으며 다른 한 명은 그와는 정반대로 곱상한 모습을 하고 있었다. 그리고 다른 한 명은 로브를 쓰고 있었으나 여인 임을 알 수 있는 실루엣이었다.

그들은 문지기와 몇마디 주고받더니 곧 극진한 대접을 받으며 안으로 들어갔다.

한편 룬은 그들을 보며 심상치 않은 기분이 들었다.

'굉장한 고수다.'

우락부락한 사내는 험상궂은 겉모습과 달리 풍기는 기도는 평범했다. 그래서 얼핏보면 덩치만 믿고 까부는 파락호쯤으로 착각하기 쉬웠다.

하지만 사내의 기도가 평범한 건 반대로 사내의 경지가 그만큼 뛰어났기 때문이다. 일정경지가 넘어선 후에는 오히려 평범함으로 회귀하는 수준에 들어선 것이다.

그 옆을 지키고 있던 왜소한 사내는 룬으로써도 가늠하

기 힘든 힘이 느껴졌다. 그만큼 완벽하게 자신을 숨기고 있다는 뜻이었다.

그리고 로브로 전신을 가리고 있던 묘령의 여인은 셋 중에서 가장 실력이 떨어지는 듯 보였다. 허나 이상하게 가장 신경이 가는 인물이었다.

'어째서 저들이 이곳에 있는거지?'

방금 본 일행은 과거를 통틀어서도 손가락에 꼽을 고수였다. 그런 그들이 보니에르연회장에는 무슨 일로 찾아온 것일까. 일생에 몇 번 보기도 힘든 고수들이 셋이나 동시에 움직였다면 필시 범상치 않은 일이리라.

"뭘 그렇게 생각하세요?"

신디아의 목소리에 룬이 상념에서 깨어났다.

"방금 연회장으로 들어간 자들이요."

"그들에게서 무언가를 느꼈나요?"

신디아가 놀랍다는 투로 말했다.

"기분 나쁜 자들이에요. 길보단 흉을 몰고다닐 자들이죠. 특히 왜소한 저 자. 아주 위험해요. 온순한 듯 보이나 속에 악마를 지니고 있어요."

그 말에 오히려 룬이 놀랍다는 반응을 보였다. 그리고 짐짓 모른다는 투로 대답했다.

"생긴 걸로 보나 덩치로보나 큰 칼을 매고 있는 그 사내가 더 위협적인 인물이 아닌가요?"

"외형으로 상대를 가늠하는 건 가장 하책 중 하나에요. 그자는 분명 덩치만큼 강해보이기는 하나 위험한 인물은 아니에요. 오히려 겉으로 드러나지 않는 왜소한 사내가 더욱 위험한 인물이죠."

"그럼 저 중 제일 약해 보이는 로브를 쓴 여인이 가장 위험한 인물이겠군요?"

그 말에 신디아는 대답을 하지 않았다. 룬의 일차원적인 질문에 대꾸해줄 필요를 느끼지 못한 것인지, 아니면 그녀 또한 로브를 쓴 여인에 대해 판단을 할 수 없어서인지 알 수 없었다.

룬과 신디아는 연회장 안으로 들어갔다. 연회장에는 잔잔한 음악이 흘러나오고 있었고 이미 모인 귀족들이 삼삼오오 모여 춤을 추거나 두런두런 이야기를 나누고 있었다.

그들의 얼굴에는 모처럼 환한 미소가 떠올라 있었다. 오랜만에 아카데미밖을 나간다는 설렘. 다른 클라스의 학생들과 춤을 출 수 있다는 생각이 그들의 감성을 자극 하고 있었다.

룬과 신디아는 입구에서 출석을 체크하고 중심부분에서 조금 떨어진, 그렇다고 너무 구석지지 않은 곳에 적당히 자리를 잡고 앉았다.

자리에 앉은 신디아는 연회장에 배치된 하녀를 불러 샴

페인과 먹거리를 가져오게 하였다. 룬은 하녀가 가져온 샴페인을 모두 자기 옆에 두었다.

"샴페인은 마실 때마다 한 잔씩. 사재기 하듯 그렇게 쌓아두는 건 예의가 아니에요."

"다 마실 겁니다. 예를 차리자고 잔을 비울 때마다 번거롭게 일일이 부를 필요가 뭐 있겠습니까."

"생각하는 씀씀이가 제법 좋군요. 하지만 하나만 알고 둘은 모르는 처사예요. 만약 이곳에 있는 사람들이 당신처럼 그렇게 샴페인을 쌓아둔다면 어떻게 될 거 같나요? 연회장은 좀 더 무질서해 지겠죠. 그러면 당신이 위한다는 저들을 더욱 고생시키는 꼴이 되는 거예요."

룬은 아무런 반응을 보이지 않았지만 신디아는 계속 말을 이었다.

"또 이건 어떤가요? 당신처럼 샴페인을 쌓아 두게 된다면 연회장에선 불필요한 샴페인을 더 준비해야 할 것이고, 그렇게 되면 귀족들은 영지민들에게 세금을 더 걷어야 할 거예요. 당신이 위한다는 저들의 가족일지 모르는 자들에게서 말이죠."

룬은 어떻게 대답해야 하나 고민하다 이내 신디아의 말에 수긍해버렸다.

"다음부터는 한잔씩 마시도록 하죠. 이런 작은 에티켓에도 그렇게 깊은 뜻이 있는 줄은 몰랐군요."

"사실 그런 이유 때문은 아니에요. 하지만 당신이 하녀들의 안녕을 걱정하며 말하기에 비유를 그들에 빗대어 했을 뿐이에요. 그리고 당신만이 약자들을 생각하고 있다고 생각하지 말아요. 물론 그들 생각은 눈곱만큼도 하지 않는 귀족들도 많이 있지만, 반대인 사람들도 많이 있어요."

룬은 신디아의 말에 기분이 묘해졌다. 문득 그녀에 대해 더 알고 싶다는 생각이 들었다.

하지만 그것을 허락하지 않는 사람이 있었다.

"이렇게 아름다운 레이디께서 어째서 이렇게 후미진 자리에 앉아 계시기만 하신 겁니까?"

말을 걸어온 사람은 피부가 곱고 제법 준수하게 생긴 사내였다.

"실례가 되지 않는다면 제게 당신과 춤을 출 영광을 주시지 않겠습니까?"

"보시다시피 파트너가 있어서요."

일말의 망설임도 없는 대답.

"이런. 파트너가 계신지 몰랐군요. 실례지만 어느 자제분인지 물어봐도 될까요."

사내의 시선이 룬에게 향했다.

룬도 지긋이 상대방의 시선을 응시했다.

"베르난도 백작가의 셋째 룬이라고 합니다."

"베르난도 백작가라 하면…. 어느 곳에 있는 가문인지

물어봐도 될까요."

"루텐영지입니다."

"루텐이라…. 아아, 루텐이요. 워낙 먼 곳에 있는 곳이라 번뜩 생각이 나질 않아서요. 이거 죄송하게 됐습니다."

사내는 과장되게 예를 차리며 룬에게 사과를 했다.

"제 소개를 안했군요. 저는 브루니엔백작의 장자 잘몬드라 합니다."

브루니엔가문. 바르텐동부지역에 영지를 하사받은 가문이다.

귀족의 권위를 나타내주는 것은 크게 세 가지가 있다. 재력, 사병, 그리고 영지.

그 중 영지가 얼마나 좋은 곳에 위치하고 비옥하냐에 따라 재력과 사병이 따라오게 되어 있었다. 그런 면에서 브루니엔가는 수도권지역에 위치한 것만으로도 권력을 누리기에 충분했다.

"이런, 그러고 보니 레이디의 존함을 물어보지도 않았군요. 당신의 아름다움에 제가 그만 정신을 놓은 모양입니다."

사내의 과장된 행동에 신디아는 이맛살을 찌푸렸다. 하지만 여전히 고귀한 귀족의 품위를 잃지 않은 채 대답했다.

"신디아예요."

"신디아?"

잘몬드는 신디아라는 이름을 음미라도 하듯 되뇌었다. 혹여 자신이 아는 집안의 여식 중에 이러한 이름이 있나 생각한 것이다.

하지만 떠오르는 가문은 없었다. 어쩌면 너무도 당연한 일이었다. 이 정도의 미모에 이름 있는 가문의 여식이었다면 모를 리 없었다.

상대방의 신상을 완벽하게 파악한 잘몬드는 더욱 기고만장해졌다.

"신디아님이셨군요. 그럼 다시 정식으로 제안하죠. 제게 당신과 함께 춤을 출 영광을 주시겠습니까?"

"저도 다시 정식으로 대답하죠. 아. 니. 요."

여유로움을 잃지 않던 잘몬드의 얼굴에 노기가 감돌았다. 하지만 언제 그랬냐는 듯 다시 웃는 낯으로 돌아왔다.

"역시 파트너 때문인가요?"

잘몬드의 시선이 다시 룬에게 향했다.

"룬이라고 했나요? 미안하지만 이 레이디가 너무 마음에 들어서 그런데 한 번만 양보를 해주실 수 없나요?"

말은 분명 정중했지만 그 속에 뼈가 담겨 있었다. 하지만 룬은 아무것도 모르는 마냥 대수롭지 않게 대답했다.

"파트너가 있다는 데도 이렇게 무리를 할 만큼 신디아님이 마음에 드십니까?"

잘몬드를 고개를 끄덕였다.

"그렇다면 제가 물러나 드리는 게 도리겠군요. 더 원하고 더 용기 있는 사람이 미인을 얻을 자격이 있을 테니까요."

평소 자잘한 설전을 좋아하던 룬이 웬일로 순순히 물러났다. 그러자 신디아가 인상을 찌푸리며 룬을 쳐다봤다. '우리는 분명 오늘 파트너가 되기로 약속하지 않았나요?'라고 물으며 비난하는 거 같았다.

"하지만 남자가 얼마나 원하든 선택은 여자가 하는 거 아니겠습니까?"

잘몬드의 얼굴에 조금 불쾌함이 서렸다.

"그야 당연하지요."

잘몬드의 얼굴에 조소가 번졌다. 그는 자신의 가문, 그리고 자신의 힘으로 룬을 완전히 압도했다고 자부했다.

하지만 돌아오는 신디아의 반응은 그와는 완전히 다른 것이었다.

"당신은 말귀를 참 못 알아먹는군요."

잘몬드의 얼굴이 다시 굳어졌다. 이번에는 아까와처럼 금세 웃는 낯으로 돌아오지 않았다.

"제 입으로 굳이 당신이 마음에 들지 않는다는 말을 꺼내야 하나요?"

어느새 서릿발처럼 냉기가 흐르는 잘몬드의 얼굴.

"반반한 얼굴만 믿고 너무 기고만장하시는군요. 보아하니 자작이나 남작의 여식인거 같은데 그런 신분으로 저와 춤을 출 수 있는 기회가 그리 흔한 줄 아십니까? 적반하장이 이럴 때 쓰라고 있는 말인가 보군요."

"흔하건 귀하건 본인이 싫으면 그만인 거죠."

잘몬드가 정색을 하며 신디아를 보았다. 그러다 문득 무언가 떠올랐는지 고개를 갸웃거렸다. 자신의 가문에 대해 한 치의 의심도 없는 잘몬드만이 할 수 있는 생각이었다.

"혹여 브루니엔이 어떤가문인지 모르는 건 아니시겠죠? 아무리 졸부라 급작스레 귀족이 되었다 하더라도 설마 그럴 리는 없을텐데."

대답할 가치가 없어서 인지 신디아는 아무말도 없었다. 그것을 잘몬드는 다른 쪽으로 해석했다.

"오 이런. 설마."

잘몬드는 고개를 설레설레 내저었다. 마치 해가 서쪽에서 뜨는 기상천외한 광경이라도 목격한 사람 같았다. 룬은 꼭 한편의 희극을 보고 있는 것 같은 느낌을 받았다.

잘몬드는 내가 이런것까지 설명해 줘야 하나 망설이다 이내 입을 열었다.

"그러니까 브루니엔가는 바르텐동부지역에 위치한 가문으로…"

잘몬드는 가문에 대해 주절이 주절이 설명을 시작했다.

선대부터 내려오는 가문으로 과거 엄청난 업적을 남겨 영지를 하사받는 것으로 시작해 지금은 왕의 총애를 받으며 잘 번성하고 있다. 뭐 그런 내용이었다.

룬과 신디아는 그가 말을 하는 내내 한심한 눈으로 쳐다보았다. 그러나 그는 그것을 자신을 향한 동경으로 잘못 해석했다.

"하."

신디아의 입에서 절로 한숨이 나왔다. 그것이 그녀의 현재 심경을 대변해 주는 것이리라.

신디아는 손짓으로 잘몬드에게 가까이 오라는 신호를 보냈다. 잘몬드는 승자의 미소를 지으며 신디아의 곁에 다가갔다. 드디어 이 무지한 여자가 자신과 브루니엔가문의 진가를 알아봐 주었구나.

"이제야 말이 통하는군요. 저는 마음이 넓은 남자이니 방금 의 무례는 없던 일로 해드리죠."

신디아는 잘몬드를 바싹 끌어당겨 그의 귓전에 대고 아주 작은 소리로 말했다.

-잘몬드고 아몬드고 말을 하면 쳐 들으셔야죠. 왜 말귀를 못 알아먹으세요. 귓구멍이 막히셨어요? 브루니엔가문이라고요? 어디서 별 시답잖은 게 와가지고.-

잘몬드는 이제껏 들었던 말중에 가장 모욕적인 말을 그녀에게서 오늘 모두 들은 기분이었다.

잘몬드는 몸을 파르르 떨더니 화를 참지 못하고 신디아의 곁에 바짝 다가갔다. 당장이라도 손을 쓸 것 같은 기세였다.

그런데 그런 잘몬드를 막는 인영 하나가 있었다.

"이거 안 놔."

잘몬드는 자신을 막아선 사내의 팔을 뿌리치고는 신경질적으로 그자를 바라보았다.

사내의 얼굴을 본 순간 잘몬드의 얼굴은 급격하게 어두워졌다. 눈 앞의 사내는 가문의 이름으로 보나 개인적인 역량으로 보나 상대가 되지 않는 거물이었던 것이다.

"헤럴드님…."

"이분들에게 볼일이 있는데 용건이 없다면 저쪽으로 가는 게 어떨런지."

헤럴드가 가리킨 곳은 연회장에서 가장 구석진 곳이었다.

잘몬드는 신디아와 헤럴드를 번갈아가면서 보더니 얼굴을 일그러 뜨렸다.

그러더니 짐짓 지금 막 가려고 했던 것처럼 자연스럽게 룬과 신디아에게서 물러났다.

"고마워요. 덕분에 귀찮은 자를 쫓아 버릴 수 있게 됐네요."

"마침 할 말이 있어 온 것일 뿐이니 고마워할 필요 없소."

하며 그는 잠시 머뭇거리다 룬에게 말했다.

"상처는 좀 괜찮소? 그때 일은 미안하게 됐소."

자존심이 태산 같은 그가 이렇게 직접 찾아와 사과를 한다는 것 자체가 그동안 가슴에 담아 두고 있었다는 뜻이리라.

"괜찮습니다. 보시다시피 크게 다치진 않았으니까요."

"괜찮다니 다행이구려."

하더니 그는 잠시 뜸을 들였다.

"그럼 실례를 하는 김에 좀 더 무례를 범해도 되겠소?"

헤럴드는 룬의 답을 듣지 않은 채 다시 말을 이었다.

"내 상식으로 오러에 맞고도 이렇게 멀쩡한 건 이해할 수 없는 일이오. 어떻게 된 건지 설명을 해 줄 수 있겠소?"

그는 오늘 단단히 마음을 먹은 모양이었다.

신디아는 딴청을 하는 척 하면서 둘의 대화를 집중해서 들었다. 그녀 또한 헤럴드와 같은 궁금증을 가지고 있던 것이다.

룬은 헤럴드의 직접적인 질문에 어떻게 대답을 해야 할까 고민했다.

'언제까지 내 모든 걸 숨기고 있을 수는 없지. 도를 넘지 않는 선에서 적당히 힘을 드러낼 필요도 있어.'

"누군가에게 배운 기술을 사용했어요. 비전이니 그에 관해서는 더는 묻지 않았으면 합니다."

당연하겠지만 타인의 비전을 묻는 것은 실례다. 강제로 그것을 알려 했다가 심한 경우 살생이 벌어지는 경우도 있었다.

가령 남의 수련을 몰래 훔쳐본다거나, 가문의 고유 마나 연공법의 구결에 대해 묻는 다거나 하는.

헤럴드는 룬의 말에 석연치 않음을 느꼈다. 세상에 어떤 기술이 있어 맨 몸으로 오러를 막느냔 말이다.

하지만 왕국 최고의 검수인 리오도르에게 검술을 배우고 있으니 자신의 상식으로 이해할 수 없는 부분도 있을 수 있을 거라 생각했다.

그것을 떠나 룬의 말대로 비전에 대해 묻는 건 실례이기도 했다.

"그럼 온전히 내가 이겼다고 할 수 없겠군. 그렇다면 승부를 다시 가려야 한다는 생각이 드는데."

룬은 헤럴드를 보았다. 어째서 그가 이런 말을 하는 걸까. 단순히 조장이 하기 싫어 이런 말을 하는 것은 아닐 것이다.

"어찌됐든 그 대련은 제가 졌어요. 설령 오러가 무산 되었다 하더라도 그 타격으로 인해 저는 완전히 무방비 상태였으니까요."

룬이 신디아에게 시선을 돌려 도와달라는 눈빛을 보냈다.

왠지 헤럴드의 기세라면 잘몬드처럼 몇 마디 말로 떨쳐
버리기 힘들 것 같은 느낌을 받은 것이다.

"그건 룬님의 말이 맞아요."

룬의 토끼같은 눈망울을 보던 신디아는 어쩔 수 없다는
듯 둘의 대화에 끼어들었다.

"굳이 마지막 상황이 아니라 하더라도 검술실력은 헤럴
드님의 분명한 우위였어요."

그 말은 진심이었다. 최소한 헤럴드는 검술에 있어서는
흠잡을 데가 없는 사람이었다.

헤럴드는 검술실력이라는 말이 묘하게 거슬렸다. 룬에
비해 검술이 뛰어난 건 너무나 당연한 것이 아닌가.

"내가 원하는 건 검술의 고하를 가리고자함이 아니라
승부를 가리자는 말이었소."

검술의 고하가 승패로 이어지는 게 보통이긴 하지만 룬
과의 대련은 그런 일반적인 상식이 통하지 않았다.

일반적인 상식이라면 룬의 검술을 어린아이와 같은 수
준이라 헤럴드의 일방적인 공세로 이어져야 했으나 실제
로 굉장히 치열하지 않았던가.

"대련은 전투시간이 아닌 검술수업시간에 일어난 거였
어요. 그러니 검술이 뛰어난 사람이 이긴 거죠."

"난 신디아님이 아닌 룬님의 생각을 듣고 싶소."

"저 또한 신디아님과 같은 생각이에요."

룬까지 그리 말하자 헤럴드는 못마땅한 기색을 숨기지 않았다.

하지만 그에 대해서는 별다른 언급 없이 다시 한 번 오러를 사용해서 미안하다는 말과 함께 자리를 떠났다.

이렇게까지 한 것만으로도 그는 굉장한 각오를 한 것이었다.

"도와주셔서 감사합니다."

"흥. 저는 누구처럼 약속을 해 놓고 나 몰라라 하는 사람이 아니라고요."

신디아가 토라진 듯 고개를 획 돌렸다. 룬이 웃는 낯으로 몇 마디 아부를 하자 신디아가 못 이기는 척 다시 룬 족으로 고개를 돌렸다.

"자존심이 강해보이던데 그런 사람이 이렇게 나오는 걸 보면 그때 일을 굉장히 가슴에 담아 두고 있는 모양이에요."

신디아는 헤럴드를 조금 다시 보게 되었다. 그녀의 생각으로 그는 절대 룬에게 먼저 다가와 이런 말을 할 성격은 못되는 것으로 본 것이다.

"예. 사실 너무 거만해 보여 좋지 않게 봤는데 나름대로 담백한 맛이 있는 사람 같군요."

신디아가 잠시 룬의 눈치를 보았다. 그러더니 은근슬쩍 말했다.

"저도 뭐 하나 물어봐도 될까요?"

"예."

"그때 대련에서 헤럴드님에게 등을 내줬을 때요. 상체를 왼쪽으로 기울이고 곧바로 몸을 돌렸잖아요."

"…… 제가 그랬던가요?"

"예."

"오래전 일이라 잘 기억이 나질 않아서."

"그때 분명이 이런 포즈를 취했잖아요."

신디아는 답답한 듯 자리에서 일어나 그때 룬이 취했던 자세를 그대로 따라했다.

"아아. 예. 그랬었죠."

"대체 왜 이런 우스꽝스러운 행동을 했는지 물어봐도 될까요?"

원래는 가슴에 담아두고 있던 것이지만 헤럴드의 모습에 자극을 받은 모양이었다.

"글쎄요. 제가 왜 그랬을까요?"

"전 지금 진지하게 묻는 거예요."

너무 성의 없이 대답해서 인지 그녀는 룬이 장난을 친다고 생각했다. 하지만 룬은 정말로 그때의 일이 잘 기억이 나지 않았다.

룬은 신디아가 진지하게 나오자 기억을 더듬어 그때의 대련을 떠올렸다. 한참을 그때에 관해 생각하던 룬은 마침내 입을 열었다.

"그냥. 그렇게 하면 살 수 있을 거 같다는 생각을 했던 거 같아요. 검이 막 오가는 상황에 차분히 생각을 하면서 행동하는 사람이 어디 있겠어요. 그냥 막연한 생각이었어요."

"살 수 있다?"

대련에서 지지 않겠다가 아니라 살 수 있을 거라니. 산전수전 다 겪은 검사의 입에서나 나올법한 말이 아닌가.

신디아는 룬의 모습을 살폈다. 손은 검을 잡은 사람같지 않게 부드러웠고, 얼굴은 희고 깨끗했으며 잡티 하나 없었다.

무수히 많은 전투를 치룬 검사의 모습은 어디에도 없었다.

"뭐 잘못 됐나요?"

태연하게 묻는 룬.

"아니요. 다만 대련 중에 생사를 생각한 다는 게 의아해서요."

깜빡이던 룬은 신디아의 말에 동의하듯 고개를 끄덕였다.

"듣고 보니 그도 그렇군요."

말을 하는 태도로 보건데 룬은 그에 대한 자각이 별로 없는 모양이었다.

'참으로 기이한 자구나.'

그 생각은 굳이 입 밖으로 꺼내지 않았다.


신디아와 룬이 대화를 하고 있는 한편.

그런 그들을 바라보는 시선이 하나 있었다. 그 시선은 신디아의 아름다움에 현혹된 남자가 아닌 여인의 것이었다.

"하-."

에일리아는 한숨을 쉬며 샴페인을 들이켰다. 그녀가 마신 잔만해도 벌써 다섯잔이 넘었다. 아무리 샴페인이 도수가 낮다 해도 많이 마시니 제법 취기가 올라왔다

그녀는 아카데미의 첫날 리오도르가 했던 말을 떠올렸다. 룬이 마음을 다잡을 때까지 거리를 유지하라는 말.

룬이 마나의 회오리를 만든 던 날. 그 날은 이미 지났다고 그녀는 생각했다. 그럼에도 먼저 다가가지 않은 건 여자의 기괴한 자존심 때문이었다.

대신 밝은 표정을 짓고 일부러 룬 앞에 서성거리고 은근슬쩍 눈빛을 수시로 보냈다.

하지만 어찌된 일인지 룬은 여태까지 말 한 마디를 걸어오지 않고 있었다.

'정말이지 바보같은 남자야.'

취기가 올랐기 때문일까. 에일리아는 평소처럼 룬이 다가오기만을 기다리지 않았다. 그것이 그녀가 평소에 간직하던 여자로써의 자존심을 한풀 누르는 것이라도 상관없었다.

에일리아는 취기가 올랐지만 바른 걸음으로 룬에게 다가갔다. 가까워지는 거리만큼이나 멀어진 사이가 다시 좋아지리라 그녀는 희망했다.

그런데 그 순간이었다. 잔잔한 음악이 흐르던 장내가 웅성거림으로 들썩였다. 그 웅성거림의 중심에는 한 남자가 서 있었다.

그는 당당한 걸음으로 걸어와 에일리아 앞에 섰다.

"데이미안님? 데이미안님이 어떻게."

에일리아는 모든 게 정지된 듯 데이미안을 바라보았다.

데이미안은 그런 에일리아를 향해 느릿한 어조로 말을 이었다.

"아카데미졸업생으로 자리를 빛내기 위해 왔습니다. 미리 말하면 흥이 깨질 것 같아 말씀드리지 않았습니다."

"아-."

에일리아는 데이미안의 갑작스런 등장에 놀란 것인지 탄성만 자아낼 뿐 반응이 없었다.

데이미안은 묘하게 그녀의 시선이 자신이 아닌 뒤쪽에 가 있는 것 같다고 느꼈다.

그는 뒤를 돌아봤다. 그리고 보았다. 자신의 누이인 이자벨리아와 그 옆에 있는 룬을.

룬 또한 아카데미학생이고 연회장에 있다하여 하등 이

상할 건 없었다. 한데 하필 에일리아의 시선이 닿아 있는 곳에 그가 있다는 것이 공교로울 뿐이다. 그저 불편한 우연일 뿐일까.

신디아는 데이미안을 보고 화들짝놀라 금세 시선을 거두었다.

룬은 그와 눈이 마주쳤고 간단하게 목례하였다. 데이미안은 고개를 끄덕이고는 불편한 감정을 지우고 다시 에일리아에게 시선을 돌렸다.

"그때 보았던 자로군요, 혹여 저곳에 가려던 거였습니까?"

"예, 뭐. 그렇죠. 이자벨리아, 아니 신디아는 이곳에 있는 제 유일한 친구니까요."

다소 더듬거리며 말을 잇는 에일리아.

"그렇군요. 굳이 정체를 숨기면서까지 아카데미를 들어오려 하다니, 언제까지 철부지 아이처럼 굴 건지 모르겠습니다."

"저는 신디아를 이해할 수 있을 것 같아요."

동변상련. 신디아만큼은 아니지만 공작가의 여식으로 태어나 그녀 또한 많은 자유를 포기해야만 했다.

"이자벨리아에게 가려던 참이었다면 같이 가시죠."

"아니에요. 데이미안님이 왔으니 굳이 그럴 필요는 없을 것 같아요."

"마침 누이가 아카데미에서 어떻게 하고 다니는지 오라비로써 궁금했던 참이었습니다. 함께 가시죠."

하며 데이미안은 에일리아의 대답도 듣지 않고 룬과 신디아가 있는 곳으로 향했다.

"후."

에일리아는 어쩔 줄 몰라 우물쭈물 하다 이내 데이미안을 뒤따라 갔다. 데이미안과 함께 그곳에 간다는 게 영 꺼림칙했다. 죄책감, 불안감, 은근한 설렘. 복잡 미묘한 감정들이 스쳐갔다.

분명한건 복잡한 감정 중 죄책감도 속해 있었다는 것이다. 죄책감이 들었다는 건 자신이 잘못하고 있음을 스스로 시인하는 꼴이다.

에일리아는 문득 자신이 왜 이곳에 와 있을까 다시 한번 상기했다. 그리고 어쩌면 이곳에 오기로 한 선택이 잘못 된 것이지 않을까 생각했다.

데이미안의 뒤를 따라가면서 그녀는 그 짧은 시간 무수히 많은 생각을 했다. 하지만 그녀의 상념은 오래가지 않았다. 데이미안의 등장부터 모든 이들의 시선은 그와 그녀에게 향해 있었다. 행보 하나하나가 그들에게는 이슈였다.

이미 그들의 첫 행보가 이름 없는 가문의 여식. 변방의 외진 가문의 자제라는 것만으로도 항설을 자아내기에 충분했다. 더 이상의 이슈거리를 안겨줘서는 안 된다.

"오랜만이오."

데이미안이 룬을 지긋이 보며 말을 건넸다.

"그간 안녕하셨습니까."

룬도 허리를 약간 숙이고 오른손을 배위에 올려놓으며 예를 갖추었다.

"아, 안녕… 하세요."

뒤이어 신디아가 예를 갖추었다. 당당한 평소의 모습과 다르게 굉장히 어색해 하는 것이 느껴졌다.

"왕자님께서 이곳에는 무슨 일로… 별볼일 없는 가문의 자제에게 신경쓰실 필요가 있겠습니까? 두분의 행동하나 하나가 좌중의 가십거리가 되는 만큼 좀 더 신중하게 행동 하실 필요가 있지 않을까요. 그러니 두 분이서 오붓한 시 간을 보내시는 게 어떨지."

그 말에 데이미안이 피식 웃었다. 평소 웃음에 인색한 그인지라 피식 웃는 것만으로도 인상이 달라보였다.

"만 백성을 보살피는 것이 왕좌를 이을 자가 할 일 아니 겠소. 그리고 그런 것을 그렇게 잘 아는 사람이 여기서 이 러고 있단 말이오?"

그 말에 신디아의 얼굴은 거의 사색이 되었다. 룬은 뭐 라도 아는 것인지 킥킥거리며 그 모습을 지켜보았다.

하지만 유쾌한 상황은 그리 오래가지 않았다. 곧이어 침 묵이 이어졌고 분위기는 굉장히 무거워졌다.

침묵을 깬 건 이중에서 가장 말수가 적은 데이미안이었다.

"리오도르님의 제자로 들어갔다고 들었소. 수련은 잘 되가시오?"

한나라의 왕자가 묻는 질문치고는 너무 사소한 것이었다.

"그럭저럭 잘 되갑니다."

"그렇다니 다행이오. 리오도르님은 제 스승일 뿐만 아니라 왕국을 대표하는 검사요. 그분의 명예에 먹칠을 하는 일이 있어서는 안 될 것이오."

"이전 제자가 왕자님이셨다고 하더니 그분을 많이 존경하셨던 모양이군요. 그리고 굳이 그런 말씀을 하시는 건 제가 리오도르님의 제자로써 부족하다는 뜻인가요? 아니면 이전 제자로써 데이미안님의 명성에 금이 가는 것이 두려우신 건가요?"

데이미안은 룬을 지긋이 내려 보았다. 전에도 느꼈던 거지만 무례하고 기고만장하기 이를 데 없는 자다.

"물론 나는 스승님의 명성을 걱정할 뿐이오."

"그렇다면 너무 걱정하지 마십시오. 그분은 그런 허울에 전혀 관심이 없는 분이십니다. 그러니 설령 저로 인해 명성에 금이 간다 해도 신경쓰시지 않을 겁니다."

"그 말은 너무 무책임하다고 생각지 않소?"

"아니오. 단지 저는 저를 제자로 받아들인 건 리오도르 님의 뜻이었고, 그런 것쯤은 이미 감수하셨다는 말을 하고 싶었던 겁니다. 그리고 정녕 데이미안님께서 리오도르님 을 존경하신다면 그분의 선택을 믿어야 하는 것 아니겠습 니까?"

"전에도 느낀 거지만 당신은 참으로 말은 잘하는구려. 하지만 입이 유연한자 치고 대성을 하는 경우를 보질 못했 소."

"이전에 그렇다고 하여 저 또한 그러리란 법은 없습니 다."

이상하게도 말을 할수록 분위기는 침묵했을 때 보다 무 거워졌다. 같은 말, 같은 내용이라도 사람에 따라 화기애 애하거나 반대인 경우가 있는데 이 둘은 후자에 가까웠다.

이 둘이 계속 대화를 하다간 설령 농담을 주고받아도 싸 움이 일어날 것 같았다.

"연회장까지 와서 무슨 그렇게 딱딱한 말들만 하시나 요."

중재에 나선 건 신디아였다.

"여기서 이렇게 아니라 나가서 춤이라도 추죠."

하지만 그녀의 말에 따르는 사람은 아무도 없었다. 에일 리아가 주춤하며 그녀에 말에 동조하려 했으나 데이미안 은 눈길조차 주고 있지 않았다.

신디아가 곁눈질로 룬에게 신호를 보냈다. 룬은 춤을 좋아하지도 않을 뿐더러 지금은 그럴 기분도 아니었다. 하지만 룬의 버팀은 오래가지 않았다.

신디아뿐만 아니라 에일리아 또한 어서 이 불편한 상황을 벗어나게 해 달라 애원의 눈길을 보내고 있던 것이다.

룬은 결국 신디아의 손에 이끌려 연회장 중심으로 향했다.

"우리도 어서 가요."

뒤이어 에일리아가 데이미안을 이끌고 연회장의 중심부로 움직였다.

그 둘이 움직이자 장내에 있던 귀족들은 썰물처럼 자리를 벗어났다.

장내에는 두 쌍의 아름다운 커플이 춤을 추었다.

한 나라의 왕자와 공녀(Herzogin).

명목상 이름 없는 가문의 여식과, 변방외진가문의 자제.

극을 달리는 두쌍의 커플이 춤을 추었고 모두의 시선은 그들을 향해 있었다.

그들은 감히 왕자와 공녀의 옆에서 춤을 추고 있는 다른 한 쌍의 커플에 대해서는 큰 의문을 품지 않았다. 그 커플의 춤이 너무도 자연스러웠기 때문이리라.

에일리아는 춤을 추며 자신의 파트너와, 그리고 자신의 옆에서 춤을 추는 자에 대해 생각했다.

'이것이 현재의 나와, 그리고 그와의 거리인가.'

에일리아는 데이미안 앞에서, 사실은 신디아가 아닌 룬에게 가고 있었다고 말하지 못했다. 자신의 아비인 토레논 공작에게 사실은 리오도르의 제자가 되고 싶은 게 아니라 다른 누군가를 보고 싶어 아카데미에 들어간다고 말하지 못했다. 그리고 결론적으로 데이미안과 춤을 추고 있었다.

이것이 현실이었다. 문득 리오도르가 한 말이 떠올랐다. 그는 룬을 걱정한 것일까, 아니면 지금 겪고 있는 이 현실에 대해 걱정한 것일까.

분명한 건 그 현실이란 생각보다 더 단단하게, 자신에게 그것을 깰만한 용기가 없다는 것이었다.

노래는 점점 흥에 겨워졌다. 이윽고 노래가 클라이막스에 다다를 때쯤 모든 귀족들이 나와 한데 어우러져 춤을 추었다.

NEO FUSION FANTASY STORY & ADVANTURE

# LUNE

제 6 장

## 수상한 움직임

제 6 장
수상한 움직임

　어느덧 연회장에는 사회자가 나와 경매를 시작하고 있었다.

　"이렇게 보니에르연회장을 찾아주신 그래플아카데미 여러분 정말로 감사드립니다. 여러분들의 성원에 보답하고자 저희 측에서 작은 이벤트를 준비했습니다."

　사회자가 손가락을 퉁기며 누군가에게 손짓을 했다. 한 사내가 천으로 덮은 유리상자 하나를 들고 왔다.

　사회자는 상자를 받아 진열대같이 생긴 곳에 올렸다. 그리고 몇마디 말로 분위기를 한껏 고조시킨 다음 천을 벗겼다. 유리상자 안에는 보석 하나가 영롱하게 빛나고 있었다.

"요정의 보석이라는 것입니다. 요정이 흘린 눈물방울을 닮았다 하여 요정의 눈물이라 불리기도 합니다. 보시다시피 색채가 곱고 영롱하게 빛이 나며 속이 훤히 들여다보일 정도로 아주 깨끗한 보석입니다. 그리고 가장 중요한 건."

사회자가 손을 들어 모두의 이목을 주목시켰다. 자신의 손에 모두의 시선이 닿아 있는 것을 느낀 사회자는 다시 말을 이었다.

"이 요정의 보석의 재질이 어떤 것인지 밝혀진 바가 없다는 것입니다. 그야말로 신비의 보석. 세상에 하나밖에 없는 존귀함을 나타내는 것이 바로 이 요정의 보석입니다."

따지고 보면 전혀 쓸모없는 보석이 곡식이나 물보다 비싼 건 희소성 때문이리라.

공기는 꼭 필요하지만 희소하지 않기에 귀하지 않은 것처럼 반대로 보석은 꼭 필요하지는 않으나 희소하기에 존귀한 것이다.

보석의 가치를 희소성으로 봤을 때 요정의 보석이야 말로 가장 의뜸이 되는 보석이라 할 만했다. 특히나 사치를 즐기는 귀족들에게 이만한 물건은 없었다.

"유일무이하며, 아직까지 밝혀진 바가 없기에 공인된 감정가는 없습니다. 다만 보석의 권위자인 르망님의 추정가와 최초의 낙찰가를 근거로 하여 경매를 시작하도록 하겠습니다. 최소 호가 단위는 1골드이며 개시가는 100골드입니다."

100골드라는 어마어마한 액수에 대부분 귀족의 얼굴에 놀람과 실망감이 동시에 지나갔다. 아무리 돈을 물쓰듯 하는 그들이지만 100골드를 함부로 쓸만큼 넘쳐나는 것은 아니었다.

100골드라는 어마어마한 금액 때문인지 선뜻 개시를 하는 사람은 없었다. 장내는 침묵이 감돌았다. 생각보다 긴 시간이었다. 사회자마저 이런 반응을 예상 못했던지 얼굴에 당혹감이 떠올랐다. 설마 이대로 경매를 종료시켜야하나? 그런 생각이 들 때쯤 누군가 구원이라도 하듯 경매에 참여했다.

"110골드."

목소리는 별로 크지 않았다. 하지만 정적이 흘러서 인지 아주 또렷하게 주위에 울렸다.

모두의 시선이 목소리의 주인공에게 쏠렸다. 그리고 드는 의문 하나. 대체 누구? 그래플아카데미에 다니는 누구도 그들을 아는 사람은 없었다.

더욱이 그들은 연회차림을 하고 있지도 않았다. 한명은 당장 전쟁이라도 나갈 듯 터질 듯한 근육에 가죽갑옷을 입고 있었고, 그 옆에 왜소한 사내는 평상복 차림을 하고 있었다. 더욱이 맨 오른쪽에 있는 묘령의 여인은 로브를 눌러쓰고 있었다.

누구든 그들의 정체에 의문을 품었지만 사회자는 그러하지 않았다. 제이슨에게 이미 그들에 대해 언질을 받은 상태였다.

"자 110골드 나왔습니다."

사회자가 분위기를 전환하려는 듯 평소보다 오버하며 호가를 외쳤다. 하지만 뒤이어 좀 전과 같은 침묵이 다시 흘렀다.

"룬님. 부탁하나만 해도 될까요?"

상황을 관망하던 신디아가 뜬금없이 룬에게 말했다.

"말해보세요."

"현재 호가보다 1골드씩 높여서 경매에 참여해주세요."

"그게 무슨 말씀이신가요?"

룬이 어리둥절해 하며 물었다. 하지만 그 답은 신디아가 아닌 룬 스스로 찾았다.

"혹여 저자들 때문인가요?"

룬이 가리킨 곳에는 종전에 보았던 그 일행이 서 있었다.

"맞아요. 아무래도 그들은 이 요정의 보석과 연관이 있는 것 같아요."

"탐정놀이에 취미가 있는 줄은 몰랐군요. 그들과 이 보석이 관련 있다하여 우리와 상관이 있는 건 아니지 않습니까. 그리고 만약 우리에게 낙찰이라도 된 다면요? 죄송한 말씀이지만 저는 100골드가 넘어가는 어마어마한 금액은 본적도 없습니다."

"그럴 일은 아마 없을 거예요. 만약 낙찰이 된다해도 걱정하지 말아요. 책임지고 제가 해결할게요. 한 번만 저를 믿어주세요."

룬은 당신이 100골드가 넘는 어마어마한 금액을 어떻게 해결할 거냐? 라고 묻지 않았다. 대신 손을 들어 신디아의 대답을 대신했다.

"111골드."

이는 분명 룬이 감당할 수 없는 일이다. 한데 무엇을 믿고 이 골치아픈 경매에 뛰어든 것일까. 신디아의 말대로 그녀를 믿기 때문에? 오직 룬만이 알 것이었다.

"자 111골드 나왔습니다."

장내는 다시 웅성거렸다. 대체 누가 111골드라는 어마어마한 금액을 지불할 것인가. 그리고 그 주인공이 변방의 외진 가문의 자식이란 걸 확인하고는 다들 의아함을 감추지 못했다.

"더 없으십니까? 없으면 111골드에 낙찰 하도록 하겠습니다. 카운트다운에 들어가겠습니다. 5, 4, 3, 2, 1"

사회자가 마지막 카운트를 세려고 할 때였다. 종전에 경매에 참여했던 일행이 호가를 높였다.

"120골드."

"120골드 나왔습니다."

"121골드."

뒤이어 룬이 1골드를 얹었다.

"121골드 나왔습니다."

"130골드."

"130골드 나왔습니다."


한 번 물꼬가 트이자 거침없이 몰아치는 물살처럼 호가
는 순식간에 올라갔다. 주로 낯선 일행이 호가를 높이면
룬이 1골드를 더 얹어서 가격을 부르는 구도가 형성되었
다. 간혹 제 3자가 끼어 들기도 했지만 그들은 이 경매에
주인공이 될 순 없었다.

금액은 어느새 200골드까지 치고 올라갔다.

"생각보다 경매가 길어지는 군요. 우리가 보유한 금액
은 300골드뿐인데, 설마 불상사가 생기지는 않겠죠."

스엣이 말했다.

"흐음."

이런 상황은 예측하지 못한 건지 트라울라가 불편한 신
음을 흘렸다.

둘이 얘기를 나누고 있는 사이 유렌이 다시 호가를 불렀
다.

"300골드."

무려 100골드나 높은 금액이었다. 가지고온 전부의 금액이었다. 무의미한 경쟁을 끝내고자 하는 의도였다.

룬은 신디아를 슬쩍 보았다. '어떻게 할까요?' 신디아는 고개를 내저었다. 룬은 고개를 끄덕였다.

"300골드 나왔습니다. 더 없으십니까. 없으시면 카운트 다운에 들어가겠습니다. 5,4,3,2,1."

마지막 카운터가 끝나려는 순간. 누군가에 의해 그 마지막은 다시 제지되었다.

"350골드!"

그 목소리는 유렌과 마찬가지로 아주 작았다. 하지만 이곳에 있는 모두에게 놀람을 선사해줄만한 파급적이기에 충분했다. 심지어 사회자마저 자신이 잘못 듣지 않았나 귀를 의심하고 있을 정도였다.

"350골드. 350골드가 나왔습니다!"

사회자는 가까스로 마음을 다잡고 경매를 진행했다. 5,4,3,2,1. 드디어 마지막 카운트가 울렸다.

경매를 낙찰 받은 자는 요정의 보석이 있는 곳으로 다가갔다. 사회자는 과장된 행동으로 그에게 요정의 보석을 넘겼다. 그리고 요정의 보석이 진품임을 나타내주는 문서와 각종 확인서를 건네주었다.

이외에 별다른 확인절차는 없었다. 애초에 이곳에 들어

와 있다는 것이 귀족신분임을 증명해 주는 것이고, 그것을 떠나 일국의 왕자에게 다른 무언가를 확인한다는 것은 어불성설이었다.

"이로써 요정의 보석은 데이미안님의 것이 되었습니다."

데이미안은 요정의 보석을 두 손 높이 치켜 올렸다. 귀족들은 전장에서 승리하고 돌아온 장수를 맞이하기라도 하는 듯 환호성을 질렀다.

데이미안은 환호를 받으며 특유의 거만한 얼굴로 룬과, 그리고 유렌일행을 훑었다. 이 무대를 마련해주기 위해 수고했다. 그렇게 말하는 것 같았다.

하지만 사실 그는 중간에 경매에 끼어든 룬의 의중이 궁금하여 룬을 본 것이었다.

'그도 이 일과 관련하여 무언가를 알고 있는건가?'

한편 데이미안을 바라보고 있는 유렌의 얼굴은 좋지 못했다.

300골드도 만약을 대비해 충분히 넘치도록 준비한 금액이었다. 아무리 존귀하다지만 한낱 보석에 350골드라니. 한껏 양보해 그 상대가 왕자라 하더라도 이건 도저히 이해할 수 없는 일이었다.

요정의 보석을 알고 있거나, 아니면 의도적으로 방해를 하거나. 둘중 하나였다.

유렌의 시선이 무의식적으로 신디아에게 향했다.

스엣은 유렌의 시선을 받지 못한 것인지 얼굴을 굳힌 채 데이미안을 바라보고 있었다.

"이렇게 된 거 어쩔 수 없군."

트라울라가 팔과 목을 꺾자 두드득 거리는 소리가 났다. 트라울라와 시선을 주고받은 신디아가 고개를 끄덕이더니 로브 안으로 손을 가져갔다.

"잠깐."

유렌은 당장이라도 손을 쓰려는 트라울라를 제지했다.

다행히 트라울라는 유렌의 말에 따라 한껏 피어오르던 기세를 누그러뜨렸다.

"뭐야? 상황이 이렇게 된 거 어쩌자는 거야. 이제는 정말 다른 방법이 없다구."

"그래. 하지만 뭔가 이상해. 아무래도…."

유렌이 말을 하는 사이, 신디아는 유렌의 제지를 듣지 못한 것인지 어느새 데이미안의 앞으로 쇄도해 그의 목에 단도를 겨누고 있었다.

유렌의 얼굴에 석연찮은 기색이 떠올랐다.

"이렇게 된 거 정말 어쩔 수 없군. 말릴 생각하지 말라구."

트라울라도 껑충 뛰어 올라 신디아의 옆에 섰다.

유렌은 일이 잘못되어 가고 있음을 느꼈다.

하지만 트라울라의 말대로 이렇게 된 거 돌이킬 방도는 없었다.

데이미안은 갑작스럽게 누군가 튀어나와 단도를 목에 겨누고 있음에도 덤덤한 얼굴로 그녀를 노려보았다. 무심하면서도 거만한 눈빛. 그 눈빛은 이런 급작스런 상황에서도 변하지 않았다.

갑작스런 괴한의 등장에 왕실근위기사들이 데이미안의 곁을 둘러쌌다. 아카데미교관과 장내에 머물던 다른 기사들은 유렌을 에워쌌다.

"이제 쇼는 끝났으니 요정의 보석은 내가 가져가야겠다."

트라울라가 으르렁거리듯 말했다.

"처음 볼 때부터 마음에 들지 않았다. 정체가 무엇이냐?"

데이미안의 눈빛은 더없이 차가웠다. 그의 머리는 이 상황을 파악하기 위해 빠르게 돌아가고 있었다.

얼마 전 의회에서 비밀회의가 열렸다. 이번 보니에르연 회장에서 경매가 있을 것이고 그게 무엇이든 사수해 와야 한다는 내용이 오갔다.

정확하게 그 물건이 무엇이고 그 물건과 관련되어 어떤 배후가 있는지는 그들도 알지 못했다. 하지만 반드시 사수해야 한다는 내용은 되풀이 되었다.

이번일은 원래 다른 자가 하기로 되어 있었다. 한 나라의 왕자가 고작 경매에 참여하기 위해 움직인 다는 것 자체가 어불성설이었기 때문이다.

하지만 데이미안은 자신이 졸업한 아카데미의 연회장에서 에일리아를 만난다는 기대감으로 자발적으로 일을 하겠다고 지원했다.

물론 그것은 이러한 사태가 발생하리라는 걸 전혀 예상하지 못한 데서 기인한 것이다.

'이해할 수 없는 일이군.'

사실 이번 일은 처음부터 석연찮은 게 많았다. 무엇인지도 모르는데 중요하다며 꼭 사수해야 한다는 것부터가 이해가 되지 않는 처사였다.

'분명 배후가 있다. 누군가 의회에 숨어들어 일을 꾸미고 있어.'

데이미안은 의회에서의 일을 하나도 빠짐없이 떠올렸다. 그곳에 있던 자가 누구였는지 그들이 어떤 말을 했고 어떻게 행동했는지.

'롱바텀 백작. 그 자인가.'

처음 요정의 보석을 구해와야 한다고 말을 꺼낸 자가 바로 그였다.

'하지만 그자는 의회에서 그렇게 영향력이 있지 않다. 그 한 명 때문에 이렇게 석연찮은 일이 순조롭게 진행될 리는 없을 텐데.'

데이미안은 또 다른 배후에 대해 생각했다. 더불어 이런 일을 벌여 가장 이득이 되는 자가 누구인지에 대해서도 생각했다. 하지만 당장 답을 내기에 지금은 당장 해결해야하는 문제가 있었다.

"이것을 원하는가?"

데이미안이 요정의 보석을 신디아의 앞으로 내밀었다.

"가져갈 수 있으면 어디 한번 가져가 보시지."

말과 동시에 데이미안이 몸을 회전시키며 스엣의 단도를 쳐냈다.

그런데 공교롭게도 그 단도는 에일리아의 곁으로 날아 갔다.

"위험해!"

데이미안의 급박한 외침.

급작스럽게 날아오는 단도에 에일리아는 습관적으로 검에 손을 가져갔다.

하지만 손에는 아무런 감촉도 느껴지지 않았다.

'아차.'

검이 없다는 것을 깨달았을 때는 단도가 이미 지척까지 다가와 있었다.

순간 그녀의 시야가 까맣게 변했다. 누군가 자신의 앞에 나타나 대신해 단도를 막아선 것이다.

단도는 그의 옷소매에 칭칭 동여매어져 무엇이든 잘라

내야 하는 제 역할을 해내지 못했다. 그는 단도를 막아선 다음 여유로운 동작으로 착지했다.

에일리아가 걱정스런 얼굴로 그에게 다가왔다.

그는 다름아닌 룬이었다.

"괜찮으세요?"

"물론입니다."

"어째서 그렇게 무모한 짓을 하셨어요."

"무모하지 않습니다. 그리고 에일리아님을 지키기 위해서라면 이 정도 위험은 충분히 감수할 만합니다."

그 말은 진심이었다. 에일리아는 또래의 아름다운 여성이기 이전에 토레논의 여식이었다.

에일리아는 묘한 얼굴로 룬을 바라보았다. 그러다가 그동안 서러웠던 무언가가 가슴속을 빠져나와 눈물이 왈칵 쏟아져 나올 것 같았다.

한편 스엣은 데이미안을 노려보다 이내 비열하게 웃었다.

"저분이 당신에게 중요한 사람인가 보군요."

말과 동시에 그녀는 데이미안의 손에 들려있던 요정의 보석을 낚아채더니 그대로 에일리아가 있는 곳으로 날아갔다.

근위기사들이 그녀를 제지하려 했지만 그녀는 한 마리 새처럼 그들의 손아귀에서 벗어났다.

방금과는 비교도 할 수 없는 움직임.

필시 실력을 숨기고 있었으리라.

만약 그들이 경각심을 가지고 있었다면 막아설 수 있었을 것이다.

그녀는 이러한 것들까지 이미 계산해 두었으리라.

그녀의 움직임을 보며 데이미안은 신음을 삼켰다.

'예상보다 훨씬 뛰어난 자들이다.'

무엇보다 그가 걱정하는 건 에일리아의 안위였다.

그런데 다행히 스엣이 쇄도하던 중간지점에 룬이 교묘하게 자리하고 있어 그녀는 원래의 목적을 이룰 수 없었다.

대신 그녀는 목적을 변경했다.

"보석을 가지고 먼저 가 있겠습니다."

크지 않지만 스엣의 음성은 유렌이 있는 곳에 또렷이 울렸다.

유렌은 스엣을 저지하고 싶었지만 그럴 수 없었다. 대부분의 기사들이 트라울라와 유렌을 애워 싸고 있는데다 방금 스엣의 움직임을 본 터라 더욱 경계를 하고 있었기 때문이다.

장내를 벗어나려는 스엣을 기사 몇이 막아섰다. 하지만 인원이 트라울라와 유렌에게 집중되어 있기에 상대적으로 퇴로가 쉽게 뚫려 버렸다.

"내가 그녀를 쫓겠어."

신디아가 스엣이 사라짐과 동시에 몸을 움직였다.

"안 돼."

에일리아가 만류했지만 그 음성은 신디아에게 당도하지 못했다.

에일리아가 룬을 바라보았다.

"저도 그녀를 따라 가야겠어요."

"음. 저도 함께 가도록 하죠."

룬이 곤란한 얼굴을 하더니 이내 그녀를 뒤 따라갔다.

"오리엔테스. 다른 기사들은 이곳에 남기고 잘만과 함께 이자벨리아를 지켜주세요."

데이미안도 가만히 있지 않았다.

"알겠습니다."

오리엔테스는 근위기사대장으로 이곳에서는 가장 뛰어난 실력자인 한편 잘만과 함께 이자벨리아의 정체를 아는 몇 안 되는 기사였다.

데이미안이 다른 기사를 굳이 그녀의 호위에 붙이지 않은 건 그만큼 오리엔테스와 잘만의 실력이 뛰어났기 때문이다.

과장되게 말해 기사 십 수 명보다 오히려 이 둘이 신디아의 곁에 따라붙는 게 더 안전할 정도였다.

반대로 말해 그만큼 강한 둘이 이곳을 벗어나면 전력에 큰 손실을 가져올 것이고, 그로인해 왕자인 자신은 더 위험에 처할지 몰랐다.

하지만 데이미안은 설령 그럴지라도 오리엔테스와 잘만이 신디아의 곁에 있는 게 더 낫다고 생각했다.

한명의 왕자이기 이전에 누군가의 오라비로써 말이다.


장내를 벗어난 신디아는 스엣을 쫓아갔다. 뒤이어 바로 에일리아와 룬이 따라붙었고 곧 오리엔테스와 잘만이 뒤따랐다.

신디아의 손에는 연회복 안에 숨겨두었던 검이 들려 있었다. 어떤 상황에서든 검을 소지 할 수 있는 건 왕족의 특권이었다.

그녀는 비록 현재 신분을 숨기고 있지만 항상 작은 롱소드를 품에 지니고 있었다. 그건 연회를 하는 오늘도 마찬가지였다.

반면 에일리아는 빈손이었다. 허나 잘만이 이를 눈치 채고 여분의 검을 건네주었다.

룬에게는 여분의 검이 없는 것인지, 아니면 있어도 도움이 될 거라 생각하지 않는 것인지, 검을 주지 않았다.

사실 오리엔테스의 입장에서는 룬이 대체 왜 이곳에 합류했는지 도리어 묻고 싶은 상황이었다.

"잘하면 추격에 성공할 수도 있을 거 같아요. 순간적인 움직임은 매우 빠르지만 지구력은 약한 것 같아요."

신디아가 말하자 오리엔테스가 동의하는지 고개를 끄

덕였다.

하지만 룬은 그 말에 다른 의견을 가지고 있었다.

"그녀의 몸놀림으로 볼 때 의도적으로 우리를 끌어 들이는 것 같습니다. 쫓는 걸 다시 생각해 보는 게 어떨지…."

그러자 오리엔테스가 한심하다는 듯이 대답했다.

"이곳까지 와서 물러나잔 말이오? 수도에서 참사가 일어났음에도 적이 무서워 물러난다면 왕실의 체면은 말이 아니게 될 것이오."

"그래도 우선은 이분들의 안전이 최우선 아닙니까."

"어째 당신은 우리가 꼭 당할 것처럼 말하는구려. 정 그렇게 걱정이면 당신은 그만 빠지시구려."

오리엔테스는 자존심이 상하는지 인상을 찌푸렸다.

"오리엔테스님의 말대로 이곳까지 와서 돌아간다는 건 안전을 떠나 체면문제에요. 그러니 그것가지고 더 이상 왈가왈부하지 마세요."

'피튀기는 전투를 마치 동화에 나오는 이야기처럼 막연하게 생각하는군. 패배가 곧 죽음이거늘 그런 자각이 전혀 없는 것 같군.'

전쟁이 발생한지는 백여 년도 넘었다. 특히 이곳은 교전지역과 동떨어진 수도. 생사가 오가고 피가 튀기는 전투는 이야기 속에서나 접한 막연한 것이었다.

추격전은 십여분 정도 더 이어졌다. 구부러진 골목길들을 지나 넓은 공터가 나오자 스엣이 기다렸다는 듯 멈춰섰다. 그리고 손님을 환대하듯 일행을 맞이했다.

"어서오세요. 이곳까지 오느라 수고하셨습니다."

오리엔테스는 경각심을 가지고 주위를 살폈다. 혹여 매복이 되어 있는지 살핀 것이다. 허나 그러한 낌새는 없었다. 그래도 여전히 경각심을 늦추지 않았다.

"그 물건을 내놓고 순순히 투항한다면 목숨만은 살려주겠다."

"그건 제가 하고 싶은 말이군요. 지금이라도 순순히 물러난다면 목숨만은 살려주죠. 설마 당신들로 나를 막을 수 있을 거라 생각한 건 아니겠죠?"

그녀는 재미있는 거라도 본 듯 깔깔거리며 웃었다.

"그야, 해보면 아는 일."

오리엔테스가 검을 꺼냈다. 잘만도 검을 겨누며 그의 옆에 섰다. 신디아가 거들려고 하자 오리엔테스가 고개를 저었다.

"저희 둘만으로도 충분합니다."

"저도 싸울 수 있어요."

"공, 아니 신디아님까지 굳이 나설 필요는 없으십니다."

"지금은 누가 강한지 겨루는 시간이 아닙니다. 몇 명이

든 달려들어 최대한 빠르게 상황을 정리하는 게 최우선입
니다."

룬이 끼어들자 오리엔테스가 못마땅한 기색을 숨기지
않았다.

"아까부터 거슬리는 말을 하는군. 당신은 이분이 누군
줄 알고…."

거기까지 말을 했을 때 신디아가 중간에 끼어들었다.

"오리엔테스님의 말대로 하죠."

신디아가 룬의 옷소매를 붙잡고 한 발 뒤로 물러났다.

"저승으로 가실 순서를 정하는 모양이군요. 하지만 저
는 당신들이 정한 순서를 따를 생각이 없는데 어떡하
죠."

순간 스엣의 몸에서 수십 개의 단도가 튀어 나와 온 사
방을 뒤엎었다.

오리엔테스와 잘만은 뒤로 물러나며 단도를 쳐냈다. 룬
은 실드를 만들어 신디아를 보호했다. 하지만 그것을 알리
없는 그녀는 왼쪽으로 크게 움직여 단도를 피했다.

스엣은 신디아의 움직임을 포착하더니 기다렸다는 듯
그녀에게 쇄도했다.

신디아가 검을 앞으로 내밀며 방어 자세를 취했다. 하지
만 오러를 머금은 스엣의 단도는 신디아의 방어를 무참히
무시해 버렸고 다음 공격을 준비하고 있었다.

이를 본 오리엔테스가 스엣에게 달려갔다.

오리엔테스가 스엣의 지척에 다다랐을 무렵.

스엣은 돌연 단도를 오른쪽으로 틀었다. 단도의 끝은 정확히 오리엔테스의 복부를 노리고 있었다.

오리엔테스는 급히 몸을 틀며 스엣의 단도를 피하려 했다. 하지만 달려오던 원심력 때문에 원하는 대로 몸이 움직여 주질 않았다.

룬은 윈드핑거를 이용해 스엣의 단도를 겨냥했다. 그 덕에 스엣의 단도는 애초에 노렸던 경로를 벗어나 버렸고 오리엔테스는 다행히 치명상을 면할 수 있었다.

스엣은 순간 단도에 전해졌던 파동에 의아함을 느끼는 한편, 단도가 적중한 것을 확인하고는 춤을 추듯 한 바퀴 돌며 뒤로 물러났다.

"누군가를 지켜야 한다는 건 참으로 어려운 일이에요."

스엣이 여유롭게 웃었다.

"흥. 이 정도 공격으로 날 쓰러뜨렸다고 생각하는 거냐."

오리엔테스가 코웃음을 쳤다. 그는 절체절명의 위기상황에서 감각적인 움직임으로 최악의 상황을 무마시켰다고 생각했다.

허나 그건 그만의 착각이었다. 곧 몸이 으스스해지며 정신이 몽롱해져 왔다.

"커억!"

이윽고 입에서 선혈이 흘러나왔다.

"타라울란의 독이 묻어 있는 단도랍니다. 생명에는 지장이 없으나 당장은 서있는 것조차 힘이 들겁니다."

그녀가 친절하게 설명해 주지 않아도 지금 오리엔테스의 다리는 부들부들 떨리고 있었다. 그녀의 말대로 서 있는 것조차 힘이 들었다.

"이런 비열한…"

오리엔테스는 끝까지 말을 이을 수가 없었다. 타라울란의 독이 급소도로 퍼져 의식을 완전히 잃은 것이다.

스엣은 오리엔테스에게 신경을 거두었다. 타라울란의 독에 중독 됐으니 아무리 짧아도 하루 동안은 혼절해 있어야 할 것이다.

"한명은 정리가 됐고. 이제 호위기사 한명과 두 레이디만 남았군요. 아─. 저기 멀뚱히 서 있는 잘생긴 청년도 남아 있군요."

마지막에 말한 청년은 물론 룬이었다. 룬은 외관상 특징이 없었으며 검도 두르고 있지 않았기에 평범해 보일 뿐이었다.

'예상보다 더 강하군. 강한 것을 떠나 실전경험이 풍부하고 싸우는 법을 알고 있어.'

룬은 그녀와 자신의 격차를 생각해봤다. 이전 몸이었다면 승리를 자신할 수 있었다. 하지만 지금은 이전과 같지 않았다.

깨달음을 얻었다고 하나 아직 그 깨달음을 실현할 만한 몸이 뒷받침 되지 않았다.

'그녀와 정면 대결을 한다면 승부는 알 수 없다. 최소한 지지 않을 자신은 있지만⋯.'

문제는 스엣이 환경을 이용할 줄 안다는 점이었다. 압도적인 실력으로 몰아붙일 수 없다면 무슨 행동을 할지 몰랐다. 가령 에일리아나 신디아를 인질로 잡는다거나 하는. 방금 그녀의 행동으로 보건데 그럴 가능성이 매우 높았다.

'쉴 새 없이 몰아붙여 단숨에 제압해야 돼.'

그런 룬의 마음을 안 것인지 에일리아가 상황을 수습하기 위해 나섰다.

"오리엔테스님이 쓰러졌다고는 하나 비겁한 술수에 당했을 뿐이에요. 침착하게 대응한다면 우리들로 충분히 상대할 수 있을 거예요."

에일리아가 침착하게 말했음에도 잘만은 오리엔테스가 쓰러진 것에 상당한 충격을 받은 모양인지 정신을 차리지 못했다.

'이대로 가다가는 위험해. 만약 방금과 같은 공격을 해

온다면 내 실력으로는 공주님을 지킬 수 없다. 먼저 선공을 취해야해…'

그렇게 생각한 잘만은 스엣이 방심하고 있는 것 같자 곧바로 기습을 감행했다.

"안 돼!"

에일리아와 신디아가 거의 동시에 외쳤다.

룬은 그가 스엣에게 쇄도하지 못하게 결계를 이용해 그의 움직임을 막아섰다. 그는 무엇에 막힌 듯 곧 멈춰서야 했다.

허나 그가 멈춤과 동시에 갑자기 바닥에서 단도하나가 툭 튀어 나왔다. 이를 피하려고 몸을 비틀자 어느새 다가온 스엣이 아예 그의 몸을 꺾어 버렸다.

그는 물 밖을 나온 물고기처럼 몸을 떨더니 곧 축 늘어져 버렸다.

"어리석은 자로군요."

신디아는 잘만이 쓰러지자 눈앞이 껌껌해 지는 경험을 했다. 이제야 현실을 직시할 수 있었다.

이곳은 패배하면 다음 번에는 절대지지 않겠노라 속으로 다짐하며 다음 기회를 노릴 수 있는 안락한 대련장이 아니었다.

패배가 곧 죽음인 곳.

그녀의 머릿속에 동화 같은 이야기는 이미 없었다.

그녀는 처음으로 검을 드는 게 무섭게 느껴졌다.

처음으로 검의 무게에 대해 생각하게 됐다.

그리고 그것은 그녀가 감당하기에는 너무도 무거운 것이었다.

'젠장. 이전이었다면 충분히 막아 설수 있었을 텐데.'

룬은 너무나도 무딘 이 몸뚱이를 원망했다. 지금의 몸으로는 제 몸은 간수할 수 있어도 남까지 챙길 정도는 못되었다. 허나 원망한다고 상황이 달라지는 것은 아니었다.

─제가 저 여자를 막을 테니 두 분은 방향을 달리하여 이곳을 벗어나세요.

순간 두 여자의 귓전에 룬의 목소리가 들렸다. 그녀들은 어리둥절해 하며 룬을 바라보았다. 하지만 룬은 입만 달싹거릴 뿐 아무런 말도 하지 않고 있었다.

에일리아는 어떻게 된 건지 모르겠지만 룬이 말한 것이라 여기고 대답을 했다.

"저도 같이 남겠어요."

─지금은 최대한 흩어지는 게 여러모로 좋을 거 같습니다. 그리고 누군가 이곳에 남아야 한다면 두 분보다는 제가 낫겠죠.

"그럼 제가 남겠어요."

신디아는 둘의 대화를 듣자 정신이 번쩍 들었다. 룬과 에일리아는 서로 위험을 자초하고 나서는데 검의 무게에

눌려 주눅이 들었던 자신이 부끄러웠다.

하지만 그녀가 이 상황에서 할 수 있는 일은 없었다. 셋이서 합공을 한다 해도 상대를 이기기는 힘들었다.

그렇다면 룬의 말대로 최대한 빨리 왕궁으로 향하는 게 옳은 선택이었다. 조금이라도 빨리 왕궁으로가 이 사실을 알려야 했다.

신디아가 에일리아의 팔목을 잡았다. 그리고 말했다.

"룬님의 말대로 해."

신디아가 다시 룬에게 고개를 돌렸다.

"이 은혜는 반드시 갚을 게요. 꼭 무사히 돌아오셔서 은혜를 보답할 기회를 주세요."

룬이 고개를 끄덕였다.

－시간이 없습니다. 빨리 벗어나세요.

신디아는 룬의 말이 끝나기가 무섭게 에일리아의 손을 붙잡고 자리를 떠났다. 에일리아는 끝내 떨어지지 않은 발걸음이지만 신디아의 손에 이끌려 자리를 벗어났다.

시작이 어려울 뿐 일단 발을 때자 에일리아는 룬의 말대로 신디아와 방향을 달리해 움직였다.

스엣이 둘이 장내를 벗어나는 걸 보더니 재빠른 움직임으로 신디아와 에일리아를 향해 단도를 던졌다.

룬은 하나는 보호막을 이용해 막고 다른 하나는 몸을 날려 막았다.

챙-

두 개의 단도가 거의 동시에 바닥에 떨어졌다.

스엣이 굳은 얼굴로 룬을 바라보았다.

룬도 스엣을 바라보았다.

"이제 우리 둘만의 시간이군요."

제 7 장

## 뜻밖의 만남

제 7 장
뜻밖의 만남

신디아는 쉴 새 없이 왕궁으로 달려갔다. 심장은 당장이라도 터질 듯 쿵쾅거렸고 다리는 철근같이 무거웠다.

그녀의 옷은 이미 땀으로 범벅이 되었고, 어디에 긁혔는지 이곳저곳이 헤져 있었다.

하지만 그녀는 자신의 옷이 그렇게 됐는지 전혀 자각을 하지 못하고 있었다. 그저 조금이라도 빨리 왕궁으로 향해야 한다는 마음뿐이었다.

그런 그녀의 바람이 닿아서인지 중간에 브농 후작을 만나게 되었다.

그녀는 미친 여자처럼 그를 붙잡고는 곧 숨이 넘어가는 사람처럼 입을 열었다.

"헉헉, 연회장 옆 공터, 큰일이…… 빨리 가봐야."

"이런 미친 여자 같으니. 이분이 누군 줄 알고."

브눙을 호위하는 기사가 급히 신디아를 떼어놓았다.

신디아의 행색은 영락없는 광녀와 다름없었으니 호위기
사입장에서 당연한 반응이었다.

하지만 브눙 후작은 신디아의 얼굴을 확인 곧 그녀를 알
아보았다.

"대체 어떻게 된 일입니까."

"연회장 옆 공터… 빨리 그곳으로…."

그 말을 끝으로 신디아는 의식을 잃었다. 자신의 몸 상
태를 돌보지 않고 무작정 달리다 한순간 긴장이 풀려 버린
탓이었다.

❖

룬은 스엣의 대처를 보며 한 가지 큰 의문이 들었다. 자
신을 너무 얕잡아 봤기 때문일까. 아니면 다른 사정이 있
던 것일까. 그녀의 대처는 너무나 안일해 보였다.

'아니야. 처음부터 둘을 제지할 생각이 없던 거야.'

생각해 보니 이상한 건 이뿐만이 아니었다. 타라올란의
독을 구할 정도면 충분히 다른 맹독을 구할 수 있었음에도
살생능력이 없는 독을 사용한 점과, 즉사한 것처럼 보이지

만 잘만의 숨이 붙어 있는 것 또한 석연치 않은 부분이었다.

룬이 생각에 잠겨 있는 사이 스엣이 입을 열었다.

"힘을 숨기고 있었군요."

스엣은 평범해 보이던 룬이 사실을 이곳에서 가장 위협적인 존재라는 걸 알았음에도 여전히 여유로운 얼굴이었다.

룬은 문득 그녀의 말에 트린베니아의 억양이 섞여 있음을 느꼈다.

"아까 이자를 공격할 때 술수를 부렸던 것이 당신이었군요."

스엣이 쓰러져 있는 오리엔테스를 가리켰다. 룬이 고개를 끄덕였다.

"처음부터 나섰다면 애꿎은 부상자는 나오지 않았을 텐데…. 자신을 숨기는 데 혈안이 되어 주변이 어떻게 되든 말든 상관도 않더니 갑자기 무슨 바람이 분 거죠?"

"설마 이토록 쉽게 두 분을 제압하리라고는 생각지 못했소."

"변명치고는 구차하군요."

"나도 하나만 묻겠소. 두 여자가 이곳을 벗어났는데 이렇게 여유를 부려도 되는 것이오? 만약 그녀들이 왕국의 병사를 끌고 오면 어쩌려고 그러시오?"

"피래미들이야 몇 명이 달려들든 상관없죠."

그녀가 코웃음을 쳤다.

"애초에 막을 생각조차 없었던 건 아니고?"

"그게 무슨 말이죠?"

"당신의 말에서는 트린베니아의 억양이 느껴지오. 하지만 당신이 진짜 트린베니아 사람이었다면 그 지방의 억양을 숨겼겠지. 만약 숨길 수 없다면 입을 꿰매는 한이 있어도 말을 하지 않았을 테고 어쩔 수 없이 말을 했다면 살인 멸구를 하는 한이 있더라도 그 사실을 영원히 지하에 묻히게 했겠지."

"……."

"하지만 당신은 두 분이 도망가려 함에도 형식적으로 제지만 했을 뿐이오."

"그래서 하고 싶은 말이 뭐죠?"

"당신은 트린베니아인이 아니오. 그저 트린베니아와 왕국을 이간질 시키려는 수작을 부린 걸 뿐이지."

"말도 안 되는 억측이군요."

스엣이 딱 잡아 뗐다.

"좋아요. 십분 양보해 내가 트린베니아인이 아니라고 하죠. 그럼 대체 내가 누구라는 거죠?"

"그야, 두 나라에 분란으로 가장 이득을 볼 곳. 바로 제국의 사람이 아니오?"

어느덧 스엣의 온 몸에 송곳으로 찌르는 듯 한 살기가 피어올랐다.

"당신은 굉장히 머리가 좋군요. 하지만 하나만 알고 둘은 모르는군요. 제가 그 말을 듣고 당신만은 반드시 죽일 거란 생각은 하지 못한 모양이군요."

"물론 내가 바라는 것이 바로 그것이오."

기왕 나섰다면 후환을 없애야 했다. 수많은 전투를 치루며 배운 귀중한 교훈이었다.

"오만하군요. 당신의 그 오만함에 어떤 일이 벌어지는지 똑똑히 지켜보세요."

룬이 바라는 대로 스엣이 살기를 피어올렸다. 그리고 순식간에 룬에게 쇄도했다. 룬은 그녀가 지척에 다가오자 오른쪽으로 몸을 날렸다.

이에 놓칠 세라 그녀가 바로 단도를 던졌다. 룬이 몸을 회진시키며 단도를 피했다. 스엣은 룬이 착지하는 지점에 맞춰 무수히 많은 단도를 무작위로 뿌렸다.

룬은 오러실드를 일으켰다. 허상의 단도는 오러실드에 허무하게 스러졌지만 진짜 단도는 오러실드를 뚫고 룬에게 쇄도했다. 룬은 윈드워크를 이용해 오러실드를 뚫은 단도를 피했다.

그녀가 다시 룬에게 쇄도했다. 그녀의 손에 들린 단도에는 뿌연 오러가 서려 있었다. 룬은 다시 뒤로 물러나며 그녀와 거리를 벌렸다.

하지만 그녀가 그것을 그냥 두고볼 리 만무했다. 어느새 단도가 그녀의 손을 떠나 룬에게 날아왔다. 룬이 특유의 발재간으로 오른쪽으로 비틀어 움직였다. 그러자 단도에 눈이라도 달린 듯 룬을 쫓아왔다.

"헙."

룬이 헛바람을 삼키며 두 발을 떼지 않은 상태에서 자세를 최대한 낮추었다. 거의 종이 한장 차이로 스엣의 단도가 룬의 머리를 스쳐 지나갔다.

룬이 앞을 주시하자 스엣이 다시 쇄도하고 있는 게 보였다.

룬이 다시 뒤로 물러서려 하자 등 뒤에 서늘한 무언가가 느껴졌다. 이미 피한 것이라 생각했던 단도가 어느새 방향을 바꾸어 다시 날아오고 있던 것이다.

절체절명의 위기.

허나, 위기는 곧 기회라 했던가.

룬은 뒤에서 날아오는 단도를 바람으로 느끼며 지척에 다가오자 몸을 한 바퀴 돌렸다.

룬에게 향하던 단도는 도리어 스엣을 공격하는 무기가 되어 그녀에게 날아갔다.

한데 단도는 그녀의 지척까지 다가간 순간 빨려들어가 듯 그녀의 손으로 쏙 들어갔다. 믿을 수 없을 정도로 빠르게 날아가던 단도가 순식간에 그녀의 손에 들어가는 모습을 보니 기괴함이 느껴졌다.

"당신은 전투도 제법 영리하게 하는군요."

칭찬하는 것과 달리 그녀는 재빠른 룬의 몸놀림에 적잖이 놀라고 있었다.

룬이 비록 이전에 비해 빈약한 몸을 가지고 있지만 스트랭스와 헤이스트와 같은 패시브마법에 마나술까지 이용하니 그녀를 곤란하게 만들기에는 충분했다.

그녀는 이번에 단도 세 개를 꺼내 두 개는 룬의 양 옆으로 날렸다. 그리고 하나는 룬에게 곧장 날렸다.

룬이 정면으로 날아오던 단도에 신경 쓰고 있는 사이 양옆으로 날아가던 단도가 경로를 바꾸어 룬에게 날아 왔다.

거기서 끝이 아니었다. 어느새 그녀가 다시 로브를 들추어 단도의 비를 뿌렸다.

동시에 세 방향에서 날아오는 단도와. 단도의 비가 거의 동시다발적으로 룬에게 날아들었다.

룬은 도저히 피할 구멍이 없음을 느끼고 온 마나를 오러실드에 집중시켰다. 스엣이 만들어낸 허상의 단도는 룬의 오러실드에 막혀 사라졌지만 실제 단도는 역시 오러실드를 뚫어 버렸다. 이전과 다른 점이 있다면 오러실드를 뚫은 단도만 파악하여 피하기에는 너무 수가 많다는 것이었다.

그런데 그때였다. 룬의 몸에서 투명한 막이 풍선처럼 부풀어 오르기 시작하더니 마치 자석처럼 단도를 가로막았다. 단도가 거미줄에 걸린 곤충처럼 투명한 막에 매워졌다.

룬이 앞으로 손짓하자 투명한 막이 단도를 집어 삼키더니 도리어 스엣에게 날아갔다. 스엣은 상당히 놀란 듯 했으나 재빠른 몸놀림으로 단도들을 피했다.

그리고는 지체하지 않고 다시 룬에게 달려들었다.

룬은 윈드핑거를 날려 그녀를 제지했다. 하지만 그녀는 그를 무시하고 계속 달려들었다.

퍽-.

윈드핑거가 그녀의 몸에 작렬했지만 조금 주춤하는 정도에 그쳤다.

룬이 뒤로 물러나며 마나파동을 일으켰다. 보이지 않는 마나의 물결이 그녀에게 날아갔다.

그녀는 이 역시 피하지 않고 그대로 쇄도했다. 윈드핑거 때와는 달리 상당한 피해를 받은 듯 했으나 쇄도를 멈추지 않았다.

그녀가 룬의 코앞까지 당도한 순간, 룬의 신형이 돌연 사라져 버렸다.

블링크를 사용해 짧은거리를 이동한 것이다.

블링크나 텔레포트와 간이 공간마법은 좌표가 정확하지 않을 경우 무시무시한 결과를 초래할 수 있었다. 때문에 아무런 방해 없이 고도의 집중된 상황에서만 사용하는 게 보통이었다.

하지만 룬은 그러한 통념을 깨 버렸다. 이미 그녀가 쇄도할 때 이미 블링크를 염두에 두고 좌표계산을 끝내놓았다. 그리고 그녀가 지척에 오자 블링크를 시전한 것이다.

스엣은 공격이 허무하게 끝이 나자 한쪽 무릎을 바닥에 대고 붉은 선혈을 내뿜었다.

그녀의 얼굴을 경악으로 물들어 있었다.

"당신이 어찌 이 기술들을…"

룬은 그녀의 경악어린 반응을 무시하고 손을 좌에서 우로 그었다. 그러자 허공이 찢어지기라도 하듯 하얀 줄이 생겼다.

룬이 하얀구체를 소환해 날리자 하얀 줄과 함께 무서운 속도로 스엣에게 날아갔다.

동시에 룬은 파이어소드를 소환한 다음 윈드워크를 통해 그녀에게 쇄도했다.

파이어소드는 강력한 위력을 자랑하나 그만큼 마나의 소모가 극심하기에 양날의 검이 될 수 있었다. 그런 만큼 이번공격으로 확실한 마무리를 지어야했다.

스엣이 단도를 회전시켰다. 그러자 황금색 빛이 일면서 구체를 막아갔다. 하지만 룬이 쏘아낸 구체의 힘이 조금 더 강력했다.

스엣의 단도가 뒤로 퉁겨져 나갔다. 스엣이 오른쪽으로 자세를 틀자 구체는 그녀의 턱밑을 스치고 지나갔다.

그 덕에 옷이 망가져 가슴골이 거의 보일지경이 되었다.

스엣이 급히 수습하고 정신을 차리니 이미 룬이 코앞까지 당도한 상태였다.

룬의 손에서 이글거리는 화염의 검.

마침내 룬이 화염의 검을 내질렀다.

그런데 그 순간이었다. 스엣의 신형이 돌연 공중으로 치솟더니 곧바로 땅으로 꺼졌다.

허나 룬도 만만치는 않았다. 룬의 신형이 그림자처럼 사라지다 그녀의 앞에 순식간에 나타났다.

스엣은 룬의 몸을 밀쳐내며 그 반동으로 뒤로 물러났다.

룬이 이를 놓치지 않고 따라가자 콩알만한 구체가 날아왔다.

룬은 왼손을 휘저으며 구체를 쳐냈다.

뒤이어 물결과 같은 마나의 파동이 밀려왔다. 룬은 파이어소드로 파동을 찢어 버렸다. 찢어진 파동이 룬의 양 볼을 스치고 가 작은 상처를 만들어 냈다.

그 작은 상처 때문일까. 맹렬히 공격하던 룬은 돌연 공격을 멈추고 스엣을 바라보았다. 스엣을 보는 룬의 얼굴은 방금 전 스엣과 마찬가지로 놀람이 서려 있었다.

"당신이 어째서 마나술을…."

룬의 음성은 가늘게 떨리고 있었다. 사부가 전수해준 기술들이 스엣에게서 펼쳐지고 있으니 어찌 놀라지 않을 수 있겠는가.

싸움을 돌이켜보니 단순히 윈드핑거나 마나파동과 같은 몇 가지 기술뿐만이 아니었다. 움직임 하나하나가 사부를 연상시킬 만한 것들이었다.

"그 질문은 방금 나도 한 것이죠."

"……."

"다시 묻죠. 그 기술들은 누구에게 배운 거죠?"

룬은 대답을 할까 말까 망설였다. 하지만 망설임은 오래 가지 않았다.

"드로우프리. 원래는 월야라는 괴상한 이름을 썼다고 하더군."

순간 스엣의 눈빛이 더없이 흔들거렸다. 스엣은 한참 동안 룬을 바라보더니 이내 입을 열었다.

"당신은 대체 누구죠?"

"지금은 룬. 이전엔 잭스였지."

"잭스…."

그녀에게는 아주 익숙한 이름이었다. 한 번도 만나본 적은 없지만 월야에게 늘 들어왔던 사람이었다.

"하지만 그분은 이미 유명을 달리하셨을 텐데."

"설명하자면 깁니다."

둘이 얘기를 하고 있는 사이 어느새 군사들이 몰려오고 있었다.

"아무래도 우린 더 할 얘기가 필요한 거 같은데…."

"우선 자리를 뜨도록 하죠."

어느새 병사들이 공터에 몰려들고 있었다. 룬과 스엣은 장내를 벗어났다.

장내를 벗어나기 전 스엣은 미리 준비해 놓은 시체 한구를 공터에 눕혀 놓았다.

스엣이 입은 것과 똑같은 로브를 걸친 시체는 형체를 알아 볼 수 없을 정도로 처참히 망가진 상태였다.

예상치 못한 상황이 발생했지만 어쨌든 그녀는 오늘 공식적으로 이 자리에서 뼈를 묻은 것이다.


룸으로 되어 있는 술집 안.

룬과 스엣이 서로를 바라보고 앉아 있었다.

스엣은 새 로브를 갈아입은 뒤에 다시 얼굴이 보이지 않을 정도로 깊숙이 눌러 쓰고 있었다. 룬도 말끔하게 새 옷으로 갈아입었다.

"당신이 정말 아버지의 제자라면 징표를 가지고 있겠죠?"

"아버지? 사부에게 당신 같은 딸이 있다는 말은 들어보질 못했는데."

"친딸은 아니에요. 양녀죠. 지금 그게 중요한 게 아닐 텐데요."

"징표라…… 목걸이를 말하는 모양이군요. 있었죠. 헌데 지금은 없습니다."

스엣이 미간을 찌푸렸다.

"하지만 당신은 그 징표를 가지고 있군요. 저에게 잠시 보여주실 수 있을까요."

스엣은 경계를 하는 듯 하다 목걸이를 풀어 룬에게 주었다. 룬은 목걸이를 받은 후에 귀중한 물건을 다루듯 이리 저리 살펴보았다.

"사부의 목걸이는 본디 붉은색이죠."

말을 하며 룬은 목걸이를 탁자 위에 올려놓았다. 푸른빛을 띠던 목걸이가 돌연 붉은색으로 변했다.

"허나 사부의 마나에 반응하면 푸른빛으로 변하죠."

룬이 목걸이를 집어 들었다. 목걸이는 다시 푸르게 빛이 났다.

"사부에게 또 다른 제자가 있지 않는 한, 당신이 말한 잭스가 나라는 것은 분명한 사실입니다."

스엣이 고개를 끄덕이더니 목걸이를 가져갔다.

"어떻게 된 건지 설명을 해주세요."

룬은 잠시 망설이다가 이내 자초지종을 설명해 주었다.

룬의 이야기를 듣던 스엣의 얼굴에 놀라움이 서렸다.

"믿을 수 없는 일이군요."

"당사자인 저 또한 아직까지 꿈을 꾸고 있는 건 아닌가 하는 착각을 할 정도니 믿지 못하는 것도 무리는 아니죠. 허나, 사부의 징표가 푸르게 빛나는 것만큼 확실한 증거는 없다고 생각합니다만."

"맞아요. 다른 건 몰라도 그것만은 조작할 수 없죠."

스엣은 결심을 했는지 자리에서 일어났다.

"당신은 이제부터 제 오라버니예요."

스엣은 룬을 3초정도 응시하더니 꼭 세 번 절을 하였다. 스승에게는 구배를. 그의 제자에게는 삼배를. 그것이 월야의 방식이었다.

룬은 이 행동이 의미하는 바를 잘 알고 있었다. 그것은 피로 이어진 식구처럼 하나의 울타리를 만드는 과정이었다.

절을 모두 마친 후 둘은 서로를 응시했다. 이전에는 없었던 끈끈한 유대감이 서로를 이어 놓은 듯 한동안 둘은 서로에게 눈을 떼지 못했다.

"잘 부탁 드려요."

룬은 어색한 듯 잠시 뜸을 들였다.

"나도 잘 부탁해. 사부의 딸이면 나에게도 동생이나 다름없어. 앞으로 친동생처럼 생각할게."

룬의 눈에는 어느새 애틋함이 묻어나 있었다. 방금까지 피터지게 싸웠던 사이라고는 상상도 할 수 없는 눈빛이었다.

피는 물보다 진하다고 했지만 이 둘에게는 같은 사부를 두었다는 것이 피보다 진한 것이었다.

"아버지가 오라버니를 보면 본인에 대해 얘기해 주라고 하셨어요. 그때는 너무 많은 걸 숨겼다고 가슴 아파하셨죠."

"사부가 그런 데에는 내가 굳이 알려고 하지 않은 이유도 있어. 사부가 어떠한 사람이었는 지는 내게 중요하지 않아. 나와 있었을 때 그 모습 자체가 중요한 거지. 그건 그때도 그렇고 지금도 마찬가지야."

"예. 하지만 아버지는 꼭 오라버니에게 본인의 이야기를 해주길 바라셨어요."

"그래. 사부의 이야기를 아는 것도 제자로써의 도리겠지."

룬은 경청을 하려는 듯 스엣을 응시했다.

"아버지는 아주 멀리서 오셨어요. 다시는 돌아갈 수 없을 만큼 먼 곳이라 하셨죠. 아버지의 마나연공법이나 기술들은 '무공'이란 것으로 그곳의 사람들이 사용한 것들이에요. 아버지는 '해월'이란 문파에 속해 있었고 그곳에서 '무공'이란 것을 전수받은 거죠."

"문파?"

"길드와 비슷한 거죠. 하지만 그보다 훨씬 결속력이 있는 단체예요. 우리가 같은 스승을 두었다는 이유만으로 어제는 적에서, 오늘은 오라버니와 동생이 된 것처럼요."

"그렇군."

"'해월'은 가족처럼 끈끈한 유대감을 가지고 있는 만큼 후대를 잇는 걸 무엇보다 중요시 했죠. 그 교리를 받들어 오라버니를 제자로 받아 들이신거죠. 그리고 무공뿐 아니라 해월의 사상을 오라버니에게 전수한 거죠."

"해월의 사상이라⋯. 나는 그러한 것들을 배운 적이 없는데."

"같은 사부를 두었다는 이유만으로 저를 동생으로 여긴다는 것 자체가 이미 해월의 사상에 물들었다는 증거죠."

"확실히 그건 대륙의 관념은 아니지."

사상이란 원래 그런 것이다. 스펀지에 스며드는 물처럼 은밀하게 정신을 지배하는 것이다.

"사부는 그런 것들을 왜 나에게는 말하지 않은 거지?"

"아버지는 해월의 교리를 이어가는 한편 이방인으로써 세상을 달관해야 한다는 모순적인 생각을 가지고 계셨어요. 그 때문에 오라버니에게 해월의 사상을 가르치면서도 모든 것을 함구한 것이죠."

"그렇군. 그래서 그렇게 도망가듯 떠난 것이었어. 하지만 너에게는 모든 걸 말한 걸 보면 생각이 바뀐 모양이야."

"예."

"사부는 내가 해월의 교리를 이어가길 바라는 건가?"

"오라버니보고 알아서 판단하라고 하셨어요."

"쳇. 역시 사부는 사람을 골치 아프게 만드는 재주가 있어. 그럴 거면 아예 끝까지 비밀로 붙이던가."

"풋."

룬의 반응을 보던 스엣이 빙그레 웃었다.

"왜 웃어?"

"아버지가 그러셨어요. 이 말을 듣고 나면 오라버니는 분명 투덜댈 거라고."

"이게 뭐 투덜대는 거라고…"

룬이 입술을 쭉 내밀었다.

"네 생각은 어때?"

"제가 강요할 수 있는 일이 아니죠."

"사부는 어떤 것 같았어?"

"아버지가 제일 후회한 건 오라버니를 제자로 받아 들였음에도 이 모든 걸 숨기신 거였어요. 아마 아버지는 교리를 이어가기를 바라셨을 거예요."

"그래?"

룬은 팔짱을 끼며 생각에 잠겼다. 잠시 후 결정을 했는지 팔짱을 풀며 맥주 한잔을 벌컥벌컥 마셨다.

"너는 딸이라면서 나보다 사부를 더 모르는 구나. 내가 해월을 이어가길 바랬다면 사부는 나에게 선택사항을 주지 않았을 거야, 그냥 '그렇게 해.' 라고 말했을 테지. 그럼 난 투덜대면서 그 말에 따랐을 거야. 사부가 나보고 알아서 하라는 건 무거운 짐을 짊어지게 해주고 싶지 않았던 거야."

"그래서 오라버니의 뜻은 무엇인가요?"

"글쎄. 난 그냥 지금이 좋아서 그런 골치 아픈 것은 생각하고 싶지 않아. 내가 너무 무책임한가?"

스엣이 고개를 저었다.

"오라버니의 뜻이 그러하다면 그게 길이겠죠."

"그리 말해주니 고마워."

룬이 밝게 웃었다.

"그런데 그 이야기를 왜 지금에서야 하는 거야. 내가 비록 조용하게 지내긴 했지만 마음만 먹었다면 얼마든지 찾아올 수 있었을 텐데."

"아버지는 기왕에 처음부터 말하지 않은 이상 오라버니가 조금 더 여물 때까지 기다리자고 말했어요. 아버지는 그 시간을 십 년으로 정하셨죠. 얼마 전이 아버지가 오라버니를 떠난 지 십 년이 되는 기간이었죠."

"하지만 내가 죽었다는 얘기에 날 찾는 걸 포기한 거구나."

"예."

"사부도 참 사부야. 그냥 처음부터 탁 까놓고 말했으면 어때서. 이곳에 살면 이곳 사람이지 이방인이 어디 있다고. 그랬으면 이렇게 먼 길을 돌아오지 않아도 됐을 텐데. 아무튼 은근히 소심한 사람이라니까."

스엣은 룬의 투덜거림속에서 월야를 생각하는 마음을 느낄 수 있었다.

"오라버니는 아버지를 원망하지 않나요?"

"원망? 내가 왜?"

"모든 걸 감췄잖아요. 그리고 이제 와서 무거운 짐을 짊어지게 했으니…."

"난 천애고아였어. 내가 이만큼 성장할 수 있었던 건 사부의 덕이지. 감사하는 마음은 없더라도 원망은 하지 않는 게 최소한의 도리겠지. 아, 물론 감사하는 마음이 없다는 건 아니야."

"아버지가 오라버니를 봤다면 참으로 기뻐하셨을 거예요…."

스엣의 얼굴이 갑자기 무거워졌다.

"지금이라도 이렇게 만났으니 보면 되지 뭐가 문제야."

"아버지는…… 돌아가셨어요."

"그게 무슨 말이야. 돌아가시다니…. 아무리 농담이라지만 기분이 나빠지려고 하네."

룬이 가볍게 웃어보였음에도 스엣은 여전히 인상을 굳히고 있었다.

"사부가 죽다니. 말이 안 되잖아. 사부가 왜 죽어. 어떻게 그럴 수가 있냐고."

룬이 길길이 날뛰었다. 그 여파로 맥주잔이 바닥에 떨어져 파편이 이리저리 튀어 룬의 발에 박혔다. 룬의 다리에서 피가 흘러 내렸다.

하지만 룬은 아무런 고통도 느낄 수 없었다.

"제국의 손에 돌아가셨어요. 정확한건 저도 잘 몰라요. 제국이 관련 있다는 것만 알고 있죠. 그게 벌써 오 년 전의 일이죠…."

룬은 여전히 얼이 빠져 있었다.

룬은 대답이 없었다. 대답을 하면 사부의 죽음을 인정하는 것 같아 도저히 그럴 수 없었다.

"충격이 크시겠죠. 저 또한 처음에는 믿을 수 없었으니까요. 할 말이 많겠지만 이야기는 다음에 하도록 해요. 오라버니가 묵을 방을 잡아 놓을 게요."

스엣은 자리를 빠져 나갔다.

그 후로도 룬은 한 참 동안이나 멍하니 그 자리에 있었다.

다음날에 되자 스엣이 룬을 찾아왔다.

룬은 아직도 머리가 빙빙 돌았지만 최대한 냉정을 잃지 않기 위해 애를 쓰고 있었다.

룬을 보자 스엣은 애써 밝은 얼굴을 하며 말을 건넸다.

"몸은 좀 어때요?"

"별로. 하지만 괜찮은 척은 할 수 있어."

룬이 침대에서 일어나 방에 놓여 있는 테이블에 앉았다. 스엣이 룬을 따라 앉았다.

"어제 생각을 해봤어. 그런데 도지히 말이 안 되더라고. 사부라면 설령 제국 전체가 달려들어도 피하려고 마음먹으면 얼마든지 피할 수 있는 사람이야."

"예. 저 또한 그렇게 생각해요. 하지만 결과적으로는 우리의 생각과는 반대의 일이 일어나 버렸죠."

"사부의 시신은?"

스엣이 고개를 저었다.

순간 룬의 얼굴의 희망의 빛이 떠올랐다.

"괜한 기대는 하지 마세요. 만약 아버지가 살아 계셨다면 어떤 식으로든 저에게 왔겠죠."

"아니, 내가 사부라면 만약 살아 있다 하더라도 네 앞에 다시 나타나 너까지 위험에 처하는 일은 하지 않을 거야."

"하지만…."

"사부의 시신을 눈앞에서 보기 전까지는 그 어떤 것도 믿을 필요는 없어. 사부는 아마 어딘가에서 유유자적하며 살아 계실 거야. 우리가 이렇게 마음 졸이고 있는 것도 모른 채."

스엣이 룬을 빤히 보았다. 룬의 희망을 깨고 싶지는 않았기에 별다른 말은 하지 않았다.

하지만 깨고 싶지 않은 게 룬의 희망인지, 아니면 새록 새록 피어오르고 있는 본인의 희망인지는 명확하지 않았다.

룬은 더 이상 사부의 목숨을 가지고 이야기를 하기 싫었던지 화제를 돌렸다.

"제국에 몸담고 있는 건 복수를 하기 위함인 거야?"

"예. 비록 지금은 아무것도 알지 못하지만 언젠가는 길이 보일 거란 막연한 희망만을 가지고 있는 셈이죠."

"사부가 살아 있을 지도 모르는 데도?"

"그럼에도 전 할 거예요. 어찌됐던 그들은 아버지의 목숨을 노렸고 결과적으로 이렇게 떨어지게 됐으니까요."

"너는 나와는 다르구나."

룬은 아틀란드에게 복수를 하기 위해 적극적으로 무언가를 하지 않았다. 오히려 평소에는 일부러라도 그에 대해 생각하지 않기 위해 힘을 썼다.

"전에 누군가에게 복수에 대해 말한 적이 있었어. 그랬더니 그 사람이 그러더라. 본인의 인생을 망가뜨리면서까지 복수를 해서 남는 게 뭐가 있겠냐고."

"오라버니는 참으로 아버지와 닮았군요. 물 흘러가듯 유유자적한 그 성격이. 하지만 사람은 같을 수가 없어요. 오라버니는 그럴지 몰라도 저는 아니예요."

룬의 얼굴에 걱정스런 기색이 스쳤다.

"난 네가 복수라는 명분으로 불필요한 피를 묻히는 것을 바라지 않아. 만난지 얼마 안 된 동생에게 너무 주제넘은 충고인가?"

스엣이 고개를 저었다. 그리고 애뜻한 눈으로 룬을 보았다.

"아니에요. 얼마나 오래 알고 있었나는 중요한 게 아니죠. 그리고 걱정하지 말아요. 오라버니가 걱정하는 것처럼 너무 멀리 가지는 않도록 할 테니까요."

"그래. 선택은 본인이 하는 거니까."

"복수는 제가 할 거예요. 오라버니는 그저 지금처럼 살아가세요."

"아니. 사부를 해하려 했다는 사실만으로 가만히 있을 수는 없지. 하지만 복수의 방법은 너와 다를 거야."

"……?"

"절대적인 힘. 그걸 얻을 거야. 그럼 복수는 어떤 형태로든 이뤄지겠지."

룬의 몸에 살기가 피어올랐다. 스엣은 섬뜩함에 몸을 부르르 떨었다.

룬의 살기는 절제 되어 있었다.

살기란 살의 하는 마음. 절제와는 어울리지 않았다. 그렇기에 더욱 무서웠다.

룬은 살기를 거두었다. 그리고 자리에서 일어나 커튼을 치웠다. 햇살이 룬의 눈을 간질였다. 무거운 분위기가 조금은 밝아진 듯 했다.

"앞으로 어떻게 할 생각이야?"

"우선 제국으로 돌아갈 거예요. 그래서 누가 아버지를 해하려 했는지 배후를 밝혀낼 거예요. 사실 이번 임무가 그들과 함께하는 마지막이었죠."

"그래서 시신을 준비해 둔 거였군."

"예. 공식적으로 저는 그 자리에서 죽은 것이죠."

"이번 일이 잠입한 기회를 포기할 만큼 그렇게 중요한 거였나?"

"더 이상 그들의 곁에 있어서 득이 될게 없다 판단한 거예요."

"그때 보았던 그 왜소한 사내가 보통내기가 아닌 모양이군."

"예. 그는 평생을 함께 해도 마음을 터놓지 않을 자예요. 그 자처럼 의심이 많은 자는 본적이 없죠."

스엣은 질려버렸다는 표정을 지었다.

"그들은 어떤 자들이야?"

"저도 아는 건 많이 없어요. 제국에서 그들에게 잠입하라는 명령을 받았고 그 뒤로 쭉 함께 했지만 중요한 일은 저에게 알려주지 않았어요. 하지만 보이지 않는 세력이 있는 것 같아요. 그리고 아마 그 세력은 제국을 향할 테죠."

"적의 적은 친구라고 했어. 차라리 모든 걸 터놓고 그들과 손을 잡는 것 또한 하나의 방법이었을 텐데."

"저도 그 생각을 안 해본 건 아니에요. 하지만 우선은 아버지를 그렇게 만든 배후를 알아내는 것이 먼저예요."

"하긴. 네가 상대하려는 건 제국 전체가 아니니까."

룬은 다시 테이블로 와 스엣의 앞에 앉았다.

"그들의 존재를 파악한 걸 보면 제국의 정보력은 트린베니아에까지 미친 모양이군."

"예. 트린베니아 뿐만 아니죠. 이미 르니에르왕국에도 제국의 사람들이 곳곳에 있어요. 데이미안 왕자가 경매에 참여한 것 또한 제국의 힘이죠."

"일국의 왕자를 움직일 정도라니…. 생각보다 심각한 수준이군."

"제국이 이렇게 부강할 수 있었던 것은 강력한 군사력말고도 이런 권모술수에 능했기 때문이죠."

"혹여 왕국에 있는 제국의 세작들이 누군지 알고 있어?"

"아쉽지만 그건 저도 몰라요. 그들조차 본인 외에는 누가 제국의 사람인지 알지 못하죠."

룬이 아쉬운 듯 고개를 끄덕였다.

"그 둘에 대해 더 얘기를 해줘."

"둘의 이름은 트라올라와 유렌이예요. 트라올라는 트린베니아 내에서 유명하지는 않지만 검사들 사이에서는 인정을 받고 있는 사내죠."

"잠깐. 이름이 알려진 자라고?"

"예. 무슨 문제라도 있나요?"

스엣이 의아한 얼굴을 하였다.

"아니, 트라올라라는 자의 이름이 알려져 있다면 구태여 네가 트린베니아 억양을 섞으면서까지 이간질을 하려던 게 이해가 되질 않아서."

"왕국과 트린베니아의 관계는 우호적이에요. 더욱이 무역은 하지만 그 외에 외교적인 활동은 전혀 없죠. 수사망을 트린베니아로 확실하게 좁혀줄 필요가 있었던 거죠."

"그렇군."

똑똑.

한창 대화를 하고 있는 데 노크 소리가 들렸다.

룬과 스엣이 한껏 긴장한 얼굴을 하였다.

하지만 노크소리의 주인은 여관의 종업원일 뿐이었다. 퇴실할 시간이 다 되어 가니 방을 빼달라는 얘기였다.

룬은 알겠다고 하며 종업원을 내보냈다.

종업원이 나가자 현재의 상황이 우스웠던지 스엣이 푸훗 하고 웃었다.

"아, 둘에 대해 말하다 말았죠. 유렌에 대해서는 저도 아는 게 거의 없어요. 트린베니아 내에서도 이름이 알려지지 않았죠. 그와 삼 년을 함께 있었지만 무슨 음식을 좋아하는 지조차 알지 못하죠. 철저하게 비밀에 붙여진 자에요. 하지만 분명한 건 엄청난 실력의 소유자라는 것이죠."

"그렇게 비밀스런 자라면 트린베니아와 별개의 사람일 수도 있겠군."

"글쎄요."

"음."

룬이 무슨 생각을 하는 지 턱을 쓰다듬었다.

"무슨 생각을 그렇게 하세요?"

"아무것도 아니야. 일단 자리를 비워주고 내려가서 식사나 하기로 하지."

룬과 스엣이 자리에서 일어나 1층으로 내려갔다. 그리고 후미지고 사방이 막힌 곳에 자리를 잡고 앉아 빵과 스프를 시켰다.

얼마 후에 음식이 나왔고 둘은 빵과 스프를 먹으며 이야기를 시작했다.

"마지막 임무를 내가 망쳐버려서 어떡하지?"

"아니에요. 차라리 잘 됐어요. 저도 이번 일을 하면서 마음이 편했던 건 아니니까요. 오라버니는 그냥 알고 있는 모든 걸 왕국에 알리세요. 그로 인해 제국이 곤란해진다 해도 상관없어요. 오히려 그랬으면 더 좋겠어요."

"네 입장이 곤란해 질 텐데. 기왕 멀리 보던 계획이라면 참는 것도 방도 일거라고 봐."

"곤란은 해지겠죠. 하지만 제국에서도 마냥 저를 추궁할 수는 없을 거예요. 어찌됐건 그들은 제게 잘못된 정보를 제공해 줬으니까요."

"그래도…."

"오라버니가 없다면 모를까 왕국에게 피하를 주고 싶지는 않아요. 그리고 그자들에게 미안한 마음이 있는 것도 사실이고요."

"정말 괜찮겠어?"

"예."

흔들림 없는 스엣의 눈빛.

룬은 고개를 끄덕였다.

"알았어. 네 말대로 할게."

"그리고 말을 맞추는 편이 좋겠어요."

"어떻게?"

"오라버니와 저와 단둘이 남았을 때. 정체를 알 수 없는 고수가 나타나 저를 도륙하고 요정의 보석을 가져간 거죠."

"그 말을 제국에서 믿어 줄까?"

"글쎄요. 하지만 오라버니의 존재를 그대로 알릴 수는 없는 노릇이잖아요."

"그건 그렇지만."

룬이 걱정스런 얼굴을 하였다.

스엣이 괜찮다는 듯 룬의 어깨를 토닥거렸다.

"그리고 이걸 받으세요."

스엣이 품에서 무언가를 꺼냈다.

영롱히 빛나고 있는 보석.

요정의 보석이었다.

"이걸 왜?"

"저보다는 오라버니가 가지고 있는 게 나을 거예요."

룬은 스엣이 내민 요정의 보석을 도로 물렸다.

"이미 실패한 임무. 이걸 얻지 못한다고 해서 더 곤란해질 것도 없어요."

스엣이 다시 룬에게 요정의 보석을 건넸다.

룬은 스엣과 요정의 보석을 번갈아가면서 보았다.

스엣은 아예 룬의 손을 잡아 요정의 보석을 얹어 주었다.

순간 룬의 손에 쏴한 느낌이 전해지면서 몸이 부르르 떨렸다.

"왜 그러세요?"

"이상한 기운이 느껴져."

"그래요?"

스엣이 요정의 보석을 살폈다.

하지만 달리 특별한 것은 느껴지지 않았다.

"뭐가 느껴진다는 거죠?"

"잘 모르겠어. 하지만 굉장히 소름끼치는 기운이었어. 내 안에 무언가가 빨려 들어가는 느낌이랄까."

룬이 다시 요정의 보석을 잡았다.

하지만 이전과 같은 느낌은 전해지지 않았다.

"스스로 주인을 정하는 물건인가 보군요. 역시 이것의 주인은 오라버니에요."

룬은 고개를 끄덕이고는 요정의 보석을 품에 넣었다.

자신이 이 물건의 주인인지 아닌지는 확신이 없었다.

하지만 제국의 손에 들어가선 안 된다는 강한 생각이 들었다.

"할 얘기도 많고 더 같이 있고 싶지만 더 지체했다가는 의심을 받을 거예요. 우리는 이만 헤어지는 게 좋겠어요."

"…벌써 시간이 그렇게나 많이 흘렀나."

"예. 아쉽지만요."

스엣이 자리에서 일어났다.

"우리가 누구의 눈치도 볼 것 없이 편하게 만날 수 있는 날이 왔으면 좋겠어요."

스엣은 잠시간 룬을 바라보더니 이윽고 자리를 떠났다.

룬은 가슴 한편이 뚝 떨어져 나간 듯 공허했다.

하지만 그녀의 말대로 누구의 눈치도 보지 않기를 희망하며 마음을 정리했다.


아카데미로 향하는 룬의 발걸음을 무거웠다.

스엣을 만난 건 참으로 기쁜 일이었다.

하지만 사부의 소식은 룬의 기분을 착잡하게 만들었다.

'사부는 죽지 않았어. 그러니 마음 쓸 거 없어.'

룬은 애써 착잡한 마음을 접고 공터에 들러 늘 했던 것처럼 결계를 만들었다.

"요정의 보석이라."

룬이 요정의 보석을 꺼내 손 위에 올려놓았다.

영롱하게 빛나는 보석.

룬이 마나를 운용하자 요정의 보석은 블랙홀처럼 마나를 빨아들였다.

요정의 보석은 점점 붉은 빛을 띠었다.

거의 선홍빛이 들 때쯤 룬은 마나의 운용을 멈추었다.

"뭔가 있긴 있는 거 같은데."

룬은 빠져나간 마나를 보충하기 위해 마나연공을 펼쳤다.

삼십분 정도가 흐르자 마나연공이 끝났다.

룬은 다시 요정의 보석을 손 위에 올려 놓았다.

요정의 보석은 원래의 영롱한 빛으로 돌아가 있었다.

"한 번에 끝장을 보지 않으면 아무 일도 일어나지 않는
모양이군."

룬은 다시 마나를 운용했다.

요정의 보석은 이전보다 더욱 빠른 속도로 룬의 마나를
흡수해 나갔다.

룬의 마나의 반이 순식간에 사라졌다.

룬은 고민했다.

더 마나를 운용할 것인가, 아니면 혹시 모를 불상사를
대비해 멈출 것인가.

'여기서 멈추면 이게 무엇인지 영영 알지 못해.'

룬은 계속해 마나를 운용해 나갔다.

밑빠진 독에 물을 붓는 것처럼 룬의 마나가 쑥쑥 빠져나
갔다.

어느새 거의 밑천이 들어날 지경이 되었다.

요정의 보석은 처음보다 더욱 붉게 빛나기는 했지만 아
무런 일도 일어나지 않았다.

한계를 느낀 룬은 마나의 운용을 멈추었다.

더 이상 마나를 소모했다가는 주화입마라는 무시무시한
경험을 해야할지 몰랐다.

헌데, 마나의 운용을 멈추려던 룬은 난관에 봉착했다.

멈추려 해도 마나가 저절로 요정의 보석으로 빨려들어
가는 것이다.

안간힘을 쓰며 운용을 멈추려 해도 속수무책이었다.

요정의 보석을 바닥에 버리려 해도 한몸인 것마냥 떨이
지지 않았다.

룬은 요정의 보석을 떨쳐내려는 것을 포기했다.

아예 마나를 폭발시켜 요정의 보석을 깨버릴 것으로 생
각을 돌렸다.

"크아아."

룬이 괴성을 지르며 요정의 보석에 마나를 주입했다.

룬의 마나홀에 있던 마나가 한줌도 남지 않고 모두 요정
의 보석으로 빨려들어갔다.

찌이익―

룬의 노력이 통한 것일까.

붉게 빛나던 요정의 보석에 금이 가더니 이윽고 유리잔
처럼 깨졌다.

하지만 파편은 전혀 없었다.

룬은 쓰러지듯 바닥에 앉았다.

그런데 이상한 일이었다. 모든 마나를 소진했음에도 오
히려 이전보다 더 많은 마나가 마나홀을 차지하고 있었
다.

그리고 그 마나는 요정의 보석의 빛처럼 붉은 색. 즉 화

염의 기운을 띠었다.

"이게 어떻게 된 거지?"

룬이 어리둥절하고 있는 데 눈앞에서 거대한 무언가가 느껴졌다.

고개를 들어 앞으로 보니 이글거리며 타오르고 있는 괴물체 하나가 눈에 들어왔다.

-그대가 날 부른 소환자인가?

타오르는 괴 형체는 룬을 내려다보았다.

-수백 년만에 날 소환한 소환자가 한낱 인간이라니. 어이가 없는 일이군.

룬은 그 괴형체를 넋이 나간사람처럼 바라보았다.

"당신은 누구십니까."

-누구라…… 재미있는 인간이군.

순간 괴형체의 눈으로 추정되는 부분이 번쩍하고 빛났다.

푹 쓰러져 있던 룬의 신형이 공중에 붕 떴다. 룬은 두 발로 착지하며 일어섰다.

이상하게 온몸에 힘이 넘쳤다.

머리는 더 없이 맑아졌고 무엇이든 할 수 있는 것처럼 자신감에 차올랐다.

-내가 누군지 물었나. 나는 불의 정령을 다스리는 존재.

정령을 다스리는 존재.

정령왕을 뜻하리라.

"이프리트…"

정령왕 중 가장 포악하기로 알려진 불의 정령왕 이프리트.

그가 지금 룬의 눈앞에 있었다.

좀처럼 놀라는 일이 없는 룬도 이 순간만큼은 멍청한 얼굴이 될 수밖에 없었다.

이프리트는 계속해서 룬을 응시했다.

신기하게도 룬은 불이 타오르는 것 같은 그 형체에서 눈빛을 느낄 수 있었다.

그리고 그의 눈빛이 스치고 지나갈 때 소름이 돋는 경험을 해야했다.

혜안.

그것은 꼭 사부의 눈과 흡사했다.

모든 걸 꿰뚫어 보는 듯 한 그 눈빛.

-이상한 일이군. 한낱 인간이 어찌 드래곤의 기운을 가지고 있는 거지.

이프리트는 계속 룬을 살폈다.

특이한 구조를 가지고 있는 인간이다.

인간이면서 드래곤하트처럼 마나를 모아 놓고 있다.

그 양이나 질이 드래곤하트에 비할 바는 아니지만 원리는 같은 것이었다.

-그렇군. 그래서 한낱 인간이 나를 소환할 수 있었던 거였어. 불의 기운을 가진 인간이라…… 오랜만에 세상에 나온 재미가 있군.

　이글거리던 이프리트의 형체가 인간의 형태로 변했다.

　-소환자여. 나 불의정령왕 이프리트. 그대와 맹약을 맺는 걸 허락하노라.

〈2권에서 계속〉